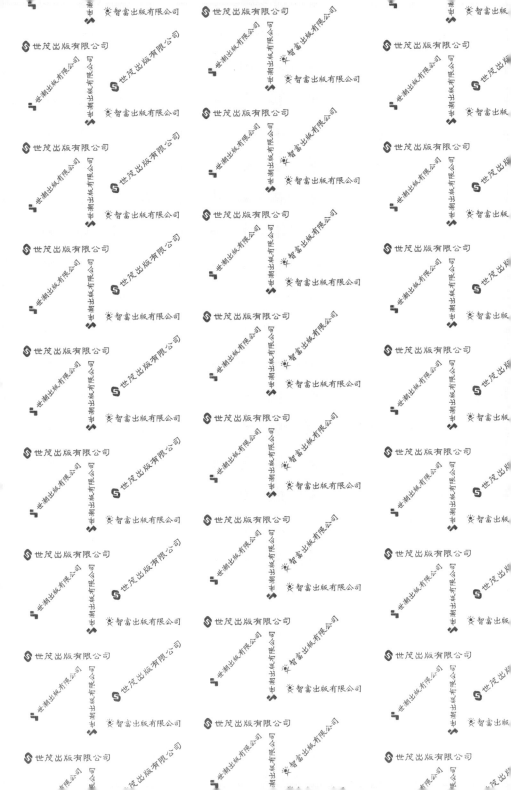

看漫畫的小孩不會變壞，
看奇片漫畫的才會
正港奇片／著
L鼻／繪
160
150
140
130
姓名 王小明
罪名一 擅自溫習考試範圍以外的選修數學
罪名二 夾走辦桌最後一塊油雞
註解：都是奇片教壞我的

TALK

作者序

月光下的城堡，你坐在幽靜的舞池畔

享受著北極熊端來的香檳，
企鵝輕啄你的腳稍，催促著你去舞台上漫舞。

一陣熟悉的旋律傳進你的耳朵。

你忘記了嗎，你小時候最愛聽這首曲子，
小時候你總隨著這旋律搖擺，
如今在這場魔幻舞會上，樂隊又為你奏起這首熟悉的曲子。

你說你長大了，不跳舞，
不像過去的孩子般，想唱歌就大聲唱。

我說，忘記大人告訴你不能做什麼吧。
那不是你，你終究還是那個想唱歌就大聲唱，想笑就笑的孩子。

你聽著樂曲，在星光下曼妙的舞動，好美。

魔法的煙火為你鼓譟，
池畔的星光也照亮你的臉龐。

想起來這種感覺了嗎？

這本書，就是樂隊演奏樂曲的序章，
喚醒你一直遺忘的自己。
脫掉玻璃鞋，踏上這場專為你準備的奇幻舞會吧。

大魔法師奇片　敬邀

Foreword 推薦者

※依照筆畫順序排列

In 影　人氣漫畫家，〈In Drawing〉作者

——沒有最奇片，只有更奇片，永遠顛覆你想像的超展開！

Howhow　人氣影音部落客，〈How Fun 如何爽〉、〈我們畢典要拍什麼〉作者

——我從小就看奇片的漫畫。後來長大我才體悟到，原來，奇片他一直都在我身邊陪我成長。我每個重要的人生時刻都有奇片的身影。不管什麼時候，不管什麼地方，奇片，永遠都在我身旁。警察叔叔不好意思……現在那個躲在電線竿後面這些年一直在尾隨我的人可以麻煩你們……

Hom 大城小事　人氣漫畫家，〈大城小事〉作者

——看著奇片的故事超展開，就像被帶到一個奇幻世界，快樂翱翔。

仙界大濕　人氣漫畫家，〈仙界大濕〉、〈壞壞漫畫〉作者

——什麼！奇片又要出書自肥了！？身為好基友，給個BP是一種尊敬與讚賞！

好色龍　人氣美式漫畫、卡通翻譯家

——各位讀者小時候可曾幻想一堆天馬行空的狗屎爛蛋，然後興致勃勃地和大人們分享時得到的卻是一句「亂想什麼東西，還不趕快去好好讀書」？正港奇片便是要向所有的古板大人們證明，狗屎爛蛋也有花枝招展一鳴驚人的一天！

西野老師 人氣漫畫家，〈糟糕仙境〉、〈紳士聯盟〉作者

——顛覆邏輯法則；創造無限可能……幹這啥神展開！？

阿啾 人氣圖文作家，〈阿啾繪圖同萌〉作者

——認識正港奇片這位奇葩人物時是在巴哈的時候，想說叫什麼正港奇片啦螢幕前面一定是什麼肥宅臭酸大叔之類的，結果不看還好，一看驚人，此人非比尋常也！說故事的功力完全不是正常人的思維，每每漫畫看到最後白眼都翻到聖母峰說我到底看了什麼，「這個人到底自戀到什麼程度！」、「奇片到底有多少女朋友啦！」一直看一直看……不知不覺就愛上了奇片，成為他的俘虜。奇片，雖然你有藍島了，但是我還是沒辦法從你的囹圄中走出來……我想，這就是奇片特有的魔力吧（嬌羞舔腳趾）。

忽田各 人氣漫畫家，〈肌肉寶貝〉、〈法國麵包超人〉作者

——「人生自古誰無死，留取丹心照汗青。」

在剛開始創作時，我很自負地認為自己是有病的代名詞，想藉由有病的創作在世間刻劃點什麼，直到遇到了奇片，我才認為我是個正常人，人外有天，病外有病阿！每次的作品都昇華至不同次元，次元不同阿阿阿阿——而當第一次遇到奇片老師本人時，就如同看到了《一拳超人》中的崎玉老師，有病卻內斂，看不出來的強大！！有幸推薦此書，作為有病作家，小弟十分榮幸！就讓大家一起準備大喊：我到底看了啥小吧！

松果 人氣漫畫家

——「請……請給我……奇片大人正港的新刊……」

「咿咿咿咿～～～身心都要變成奇片的形狀了啊啊啊～～」

「要變成沒有奇片的新刊就活不下去的身體了喔喔喔～～」

韋宗成 人氣漫畫家，〈冥戰錄〉、〈新世紀國軍戰士〉作者

——透過撫摸火柴棒參透人生哲理。

魚生

人氣漫畫家，〈塊肉魚生錄〉作者

——全民必備優良課外讀物，童趣中帶有深刻教育內涵的寓言勵志故事。

※閱讀後略感不適屬正常現像，請安心使用。

馬克杯

人氣漫畫家

——奇片的漫畫總是能讓看的人發自內心的笑出聲來，當你以為已經猜到之後的結局時，下一秒總是會超乎預料！擅長運用超展開製造笑點就是他的風格，有時候真的不知道作者腦袋裡裝了甚麼（笑）。

夏阿特

人氣漫畫家，〈出包大帝〉、〈好在吝天堂〉作者

——奇片的作品是值得推薦的，包含了詼諧的搞笑與諷刺的幽默，看了後還有強筋健骨，增加異性緣的奇效……好了奇片先生，我已經都照你說的去講了，請你放過我的家人吧……

海豚男

人氣圖文作家，〈海海人生！海豚男〉作者

——我那天在公園，碰巧看到小女孩騎車壓到坐在椅子的奶奶的腳，小女孩問說：阿麻！為瞎密妳摸感覺？我仔細一看，原來那位啊罵正在看奇片的新書，那就可以理解了，因為奇片的書能讓人忘了所有疼痛。

睫毛

人氣漫畫家，〈老媽我想當爽兵〉、〈負債魔王〉作者

——充滿意外性的傢伙！我永遠猜不著奇片漫畫的結局，無愧於百萬粉絲皆給予最棒的稱讚：「我到底看了三小！？」

藍島正藍

人氣圖文作家，〈ㄟ我在路上碰到藍島〉、〈黑四格〉作者

——這已經是奇片第二部作品了，真是恭喜他，這種東西居然能出第二本，我想這個世界基本上沒救了。

蠢羊寧欣

人氣漫畫家，〈蠢羊與奇怪生物〉、〈火人FEUERWEHR〉作者

——既然有了奇片，你為什麼還需要醫生呢？放棄治療、愉悅地成為奇片患者吧！

原來我們都已經長大
正在逐夢飛翔
Kipen

畫漫畫的小孩不會變壞
奇片老師！請幫助我！
我家人不想給我當漫畫家！
小明！我在你書櫃找到什麼？
投稿的漫畫？
啊！媽媽…
不是說不准當漫畫家！畫漫畫沒前途嗎？你給我專心念書就好…
但是…我真的喜歡畫圖…

你還不死心吧？
那就撕了你的漫畫！
不！不要！
這位媽媽，
你鬧夠了沒有…
你…你是誰？
真是的，只要
孩子想創作，
就一定鬧家
庭革命。

我是漫畫家正港奇片，
少瞧不起畫漫畫啦！
奇……奇片……
目前台灣的原創市場漸漸起步…
文創產業變成越來越受重視的軟實力。
更何況有了社群網站臉書、噗浪的興起，
創作者更容易打出品牌、名聲。

再加上台灣多元的販售通路、管道。
抽走
念書考試算什麼，
這個才叫有前途。
原來，我對漫畫的印象停留在三十年前，
不知道整個環境大大改變。

小明，你就做自己想做的吧，我不阻止你了⋯
太好了！媽媽！
哈哈哈⋯
加油吧！小明⋯
啊⋯

這種一等一的編劇和畫技……
小明長大將成為強大的漫畫家，成為我競爭對手。
以後的市場……
會被他瓜分啊……

咳……其實學生的本分就該念書啊。
想學人家海賊王這麼紅，
也是從萬個人當中競爭出來啊。
每天爆肝、想梗，還要面對讀者的期望，
畫漫畫根本比高科技業還有壓力啊……

念書不好嗎？
整天看漫畫，
教科書的內容也
很豐富有趣啊！
現在都幾點了，
還不給他寫考卷，
一週後要段考，
一年後要基測，
你們不用準備嗎？
既然奇片老師
都這樣說了，
你放棄漫
畫吧…
嗚…我知
道了…

奇片四處奔走，
殘害創作幼苗，
才能繼續壟斷市場。
奇片能在漫畫界闖，
不是靠實力、熱情，
哈哈哈
全部都只靠兩個字
「狡詐」。

BIMO TALK

大家好，這本書是由L鼻漫畫，奇片編劇共同創作完成。
書裡的短篇是互相獨立的故事，請以放鬆的心情閱讀吧！
記得天冷要穿肚兒喲厚～

CONTENTS

目錄

早餐
早、早啊，小英…
我幫你買早餐了…
少煩我了，你也不看看自己的樣子。
阿實，每天為暗戀的小英買早餐，並守在校門口…

但阿實個性憨厚，並不討喜，
所以小英從來沒接受過阿實的早餐。
即使如此…
每天早上七點，阿實都會準時在校門口前等著小英…
不管春夏秋冬，大熱天或下雨天，
阿實永遠準時站在校門口。

直到有一天…
我出門上學囉！
小英，今天不用上課呀，剛剛臨時發布颱風警報，
因為風雨越來越大，所以取消上班上課。
喔…真的耶，校門口已經淹水了。
幾點發佈的呀？
八點發佈的喔。

那個…我幫你買了早餐…
你要吃嗎…
混帳…
那種笨蛋…
我從來沒對他有好感…
我幹嘛要去管他…
呼…
呼…
幹嘛要去管他啊！

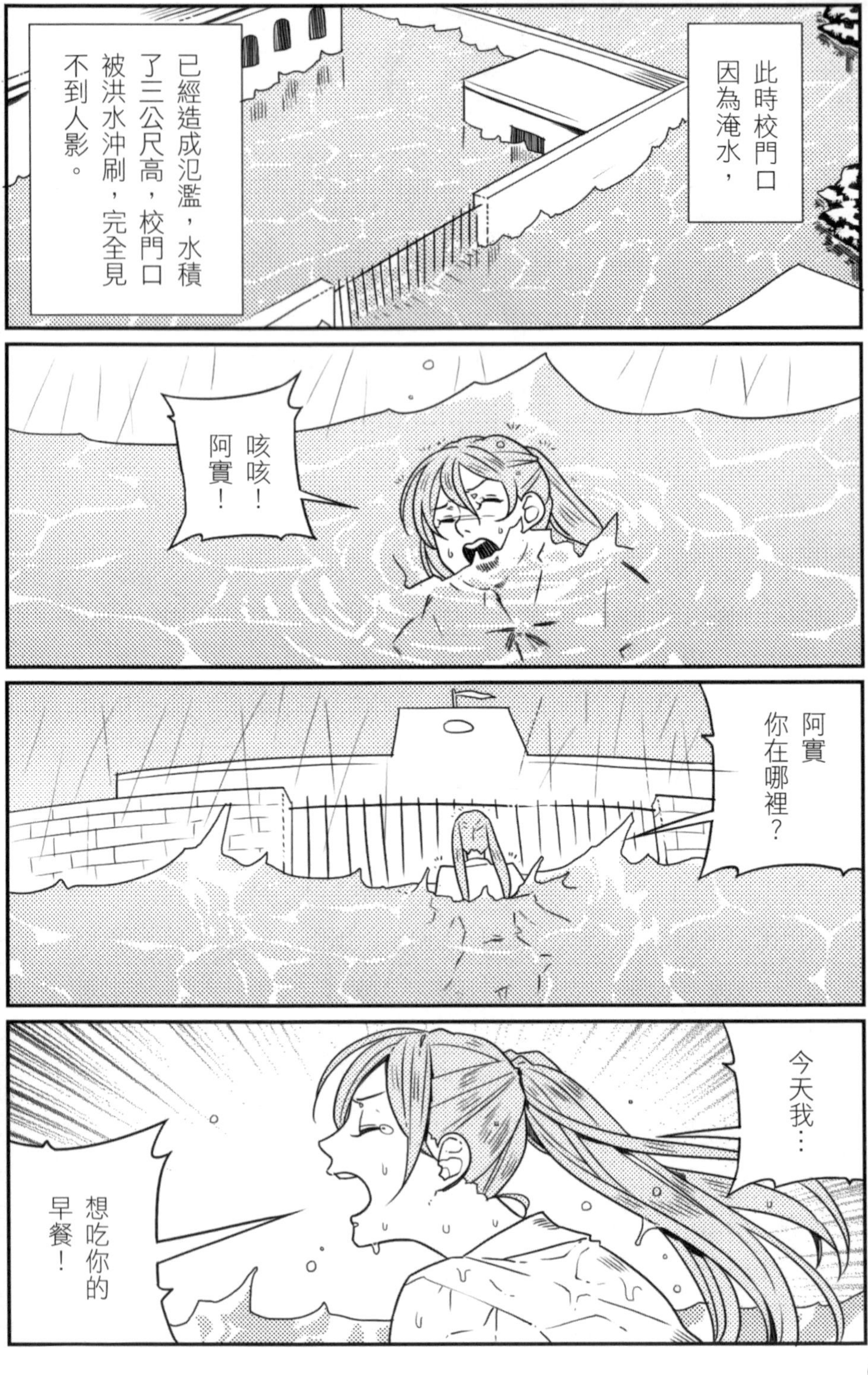
此時校門口因為淹水，
已經造成氾濫，水積了三公尺高，校門口被洪水沖刷，完全見不到人影。
咳咳！阿實！
阿實你在哪裡？
今天我……
想吃你的早餐！

新聞快報！即使已經發佈停課通知，
現場仍發現一名女孩被洪水沖刷。
喔？是小英？
她跑去校門口幹嘛？
她這樣會有危險的…
為了避免她有危險，看來我只有…

換其他台…
啪
就不會看到小英了…
嗯…還是卡通好看，
颱風天幹嘛去校門口嘛哈哈～

咕嚕
水好深！要被沖走了！
誰來救我啊！
嘩沙
同學！你沒事吧？
你是…

正港奇片！

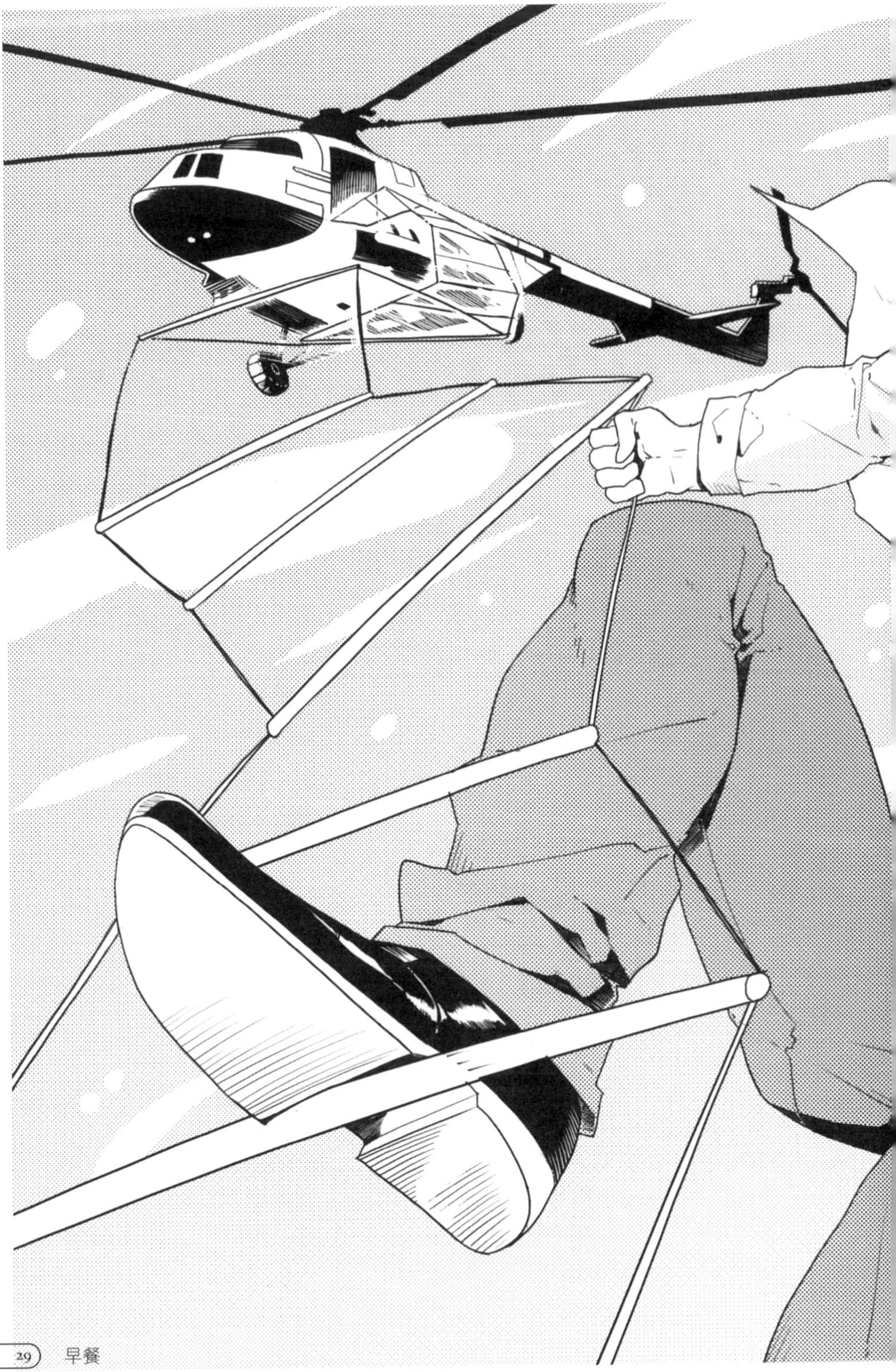

與其在那裡不切實際地送早餐…
我奇片，永遠在女孩需要時，
就會出現！
……
奇片，女孩的救星，
他的英勇傳說，又添了一筆。

電競實況
歡迎收看LBS的實況繪圖電競賽…
台灣目前終於擠上五強了。
台灣現在對上的是韓國隊 Spherexp，
他們實力相當堅強。
而台灣隊由國民漫畫家奇片領軍…
他正在呼口號了！但隊員好像不理他。
大象
elephant
好，題目出現了！今年LBS的題目是大象！

各隊紛紛著手，
韓國隊
台灣隊
電繪出題目中的大象！
韓國選手相當團結，
各組員分工合作，分別畫出大象的身體部分…
而由奇片領軍的台灣電繪隊…
奇片在罵組員啊！看來產生內鬨了！
台灣隊是畫一個人戴象鼻子，
為什麼要這樣畫呢？

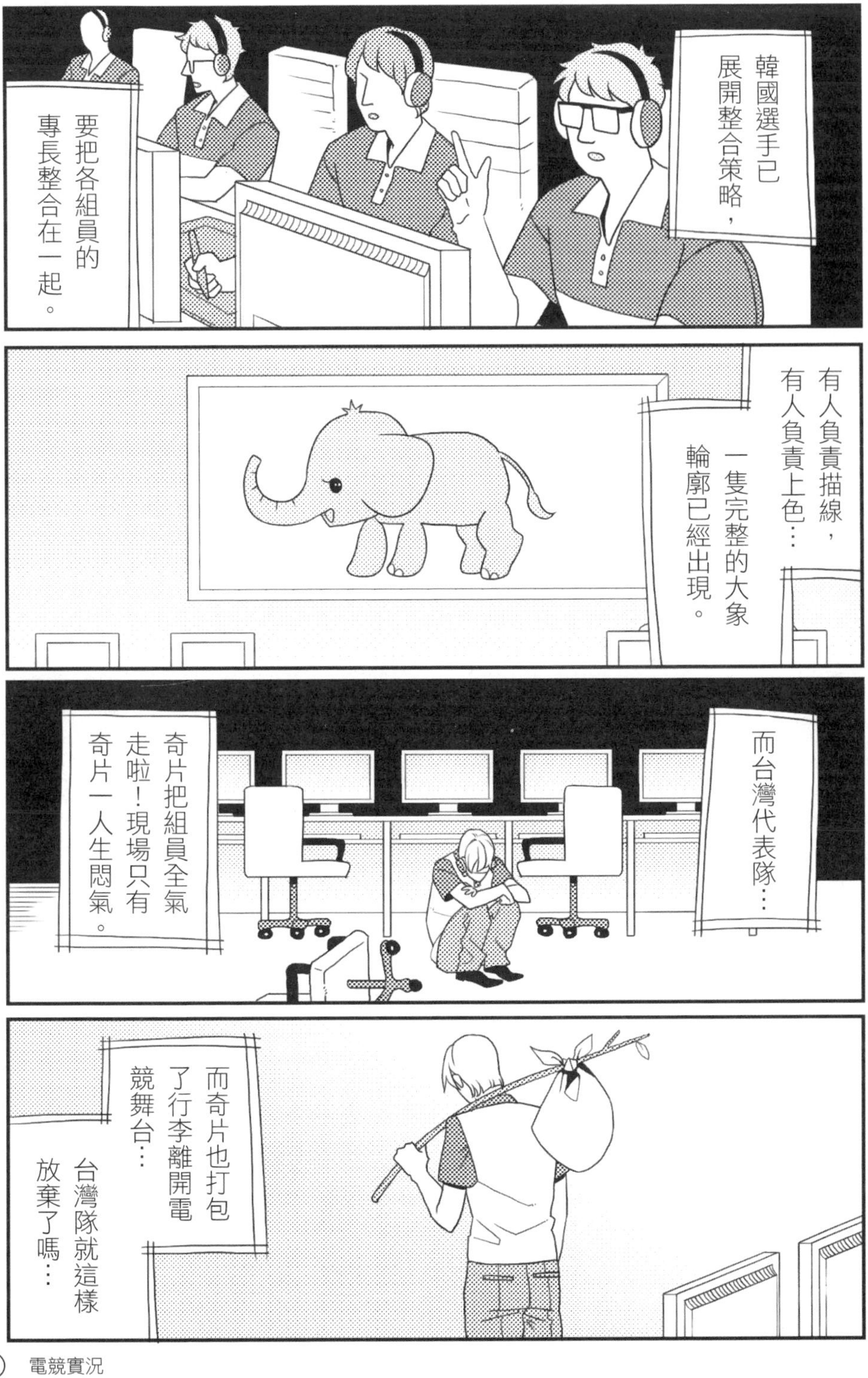
韓國選手已展開整合策略，
要把各組員的專長整合在一起。
有人負責描線，有人負責上色……
一隻完整的大象輪廓已經出現。
而台灣代表隊……
奇片把組員全氣走啦！現場只有奇片一人生悶氣。
而奇片也打包了行李離開電競舞台……
台灣隊就這樣放棄了嗎……

韓國隊進度超前大象的上色更立體了。
而台灣隊的奇片已回到家鄉的農村生活。
這時他看到家中的牆壁…
是小時候的塗鴉！
他要想起喜歡畫圖的初衷了嗎？

就在這時⋯⋯
是台灣隊的其他隊員！
其他隊員都來到奇片家中了！
隊員回歸了！
台灣隊可能逆轉勝嗎？
韓國隊彷佛受到威脅，開始加速陰影光澤。

而此時台灣隊又坐上位子開始繪圖！
以極快的速度追上韓國隊。
台灣隊團結起來！大家分工合作，馬上完成了作品。
唔！
台灣隊的大象動起來了！把韓國的大象打扁了！

原來是奇片偷用駭客模組！
把電繪軟體偷改成動畫軟體！

真是太奸詐啦！
這場LBS電競賽，最後由奇片領軍的台灣隊得到勝利！

告白
經理，你把我叫來幹嘛？
下禮拜球賽開始了，我還要多練習。
閉嘴！
就是球賽開始我才煩惱啊。
如果奇片表現得太好，肯定有很多女生想追他…
可是我明明最喜歡他，他看不出來嗎？這個大木頭！
你特地隔開別人把我叫來…
啊，我知道你要跟我說什麼了…
欸!?

這傢伙…原來早就知道了嗎？
太明顯了！我這個笨蛋，把他單獨約出來，當然會被猜到。
你把我約出來…肯定是要告訴我…
雖然我很想告白…但被他知道我反而不知所措…
你已經愛上我是不爭的事實。
嗯，你的想法呢？

那就結婚吧。
好，明天去拍婚紗。
我們會請親戚朋友二十桌，你們派多少人？
二十桌，房子我打算買這裡。
三房兩廳，離市區近，對以後孩子就學很方便。
可以，你的負擔？
可以。
從我告白的那刻起，我已經開發出聚酯生物分解塗膜，透氣、導電性世界第一。
我前十秒剛把產品上市，現在營收已破千萬，我存五百萬做不動產基金。

還可以，
我剛剛也已經幫孩子找好從幼稚園到大學的教育體系。
嗯，我已打理好我們的退休金和退休計畫，
一切準備就緒，我們應該就能談戀愛了。
嗯……
奇片！我喜歡你！
我也是！
激情總在理性過後，這，就是奇片。

奇片濫新聞

奇片圖書館脫鞋 民眾直呼「真缺德」

人氣漫畫家奇片，近年來為凸顯他文化青年形象，不斷在各大圖書館增加曝光度，更在上個月的「榮譽讀者宣導」擔任圖書館一日服務員，為塑造資優的形象盡心盡力，結果卻有民眾檢舉，正港奇片竟在館內於桌下把球鞋脫掉，直到報導出來，奇片才表示歉意。

瀰漫一股怪味 館員一度請消防人員前來確認

有熱心的民眾上前制止奇片，卻被他以「歧視香港腳感染者」為由拒絕穿上球鞋，過一會館內瀰漫一股臭味「好像水溝乾掉的酸臭味」讀者林先生表示。不久館員找消防隊的人來檢查，奇片才把鞋子穿上，結束這場鬧劇。

School
朝會的目的
只為了
瞄一眼隔壁班的女孩

超越
不斷…
不斷超越自我…
人類的極限…
只是人類自己製造的極限。
我不能輸！
自己就是敵人…
我告訴自己不能輸！

啪嗦
兩分21秒。
我早說過⋯
極限⋯只是自己給的極限。
喂！廢渣～
啪

雖然我遲早要打敗你，
但你變強了，這值得慶祝⋯
這代表我也會更強的！
乾杯吧！
FORA!
芬拉氣泡果汁飲
極限沒有自我只有努力，才值得慶祝！

啊，為什麼我有些想睡覺…
這飲料裡加了什麼…
啪
醒來後…
啊…這是哪裡？
為什麼會有條保險套？

啊，你醒來啦。
甩
真實的自我，
恣意奔放而出，
啪
人哪…
其實一輩子，
都在和自己比賽啊！

FORA!
芬拉氣泡果飲
努力突破自己
不論床上或運動場上
都要全力衝刺喔！
兩年後…
不知不覺，竟然
和他組成了家庭…
而且也收養
了小孩…

爸爸~你看
我畫的全家福！
好可愛~
用盡全力追求
自己的幸福…
誰說…
過程就沒有成就呢！

奇片濫新聞

實驗證實90%小孩不吃青椒

經美國教育年會發表，小孩會在大人逼著吃青椒時「轉移大人的注意力」，再將青椒給狗吃(佔10%)、沖到馬桶(佔20%)或藏在內褲中(佔70%)。專家呼籲：「不要玩食物！」

排球比賽
班際排球比賽正式決賽，
二班與五班比數進入白熱化。
二班的主將小志，
一路撐到第八局，至今沒下場休息過。
而五班人稱排球公主的小羽，
同時擔任隊長和主將的位置。
球傳過來！
扣

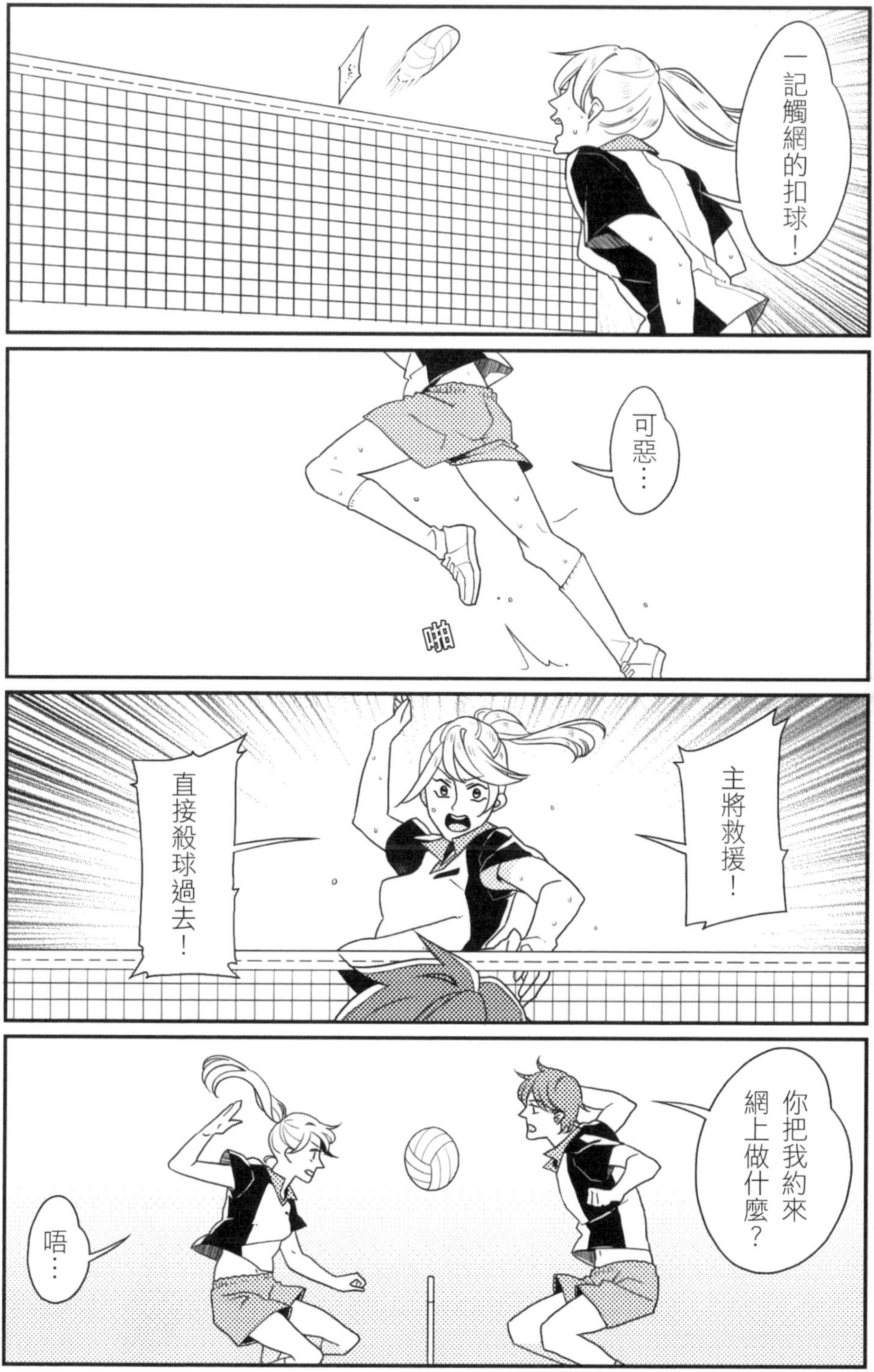
一記觸網的扣球！
可惡…
啪
主將救援！
直接殺球過去！
你把我約來網上做什麼？
唔…

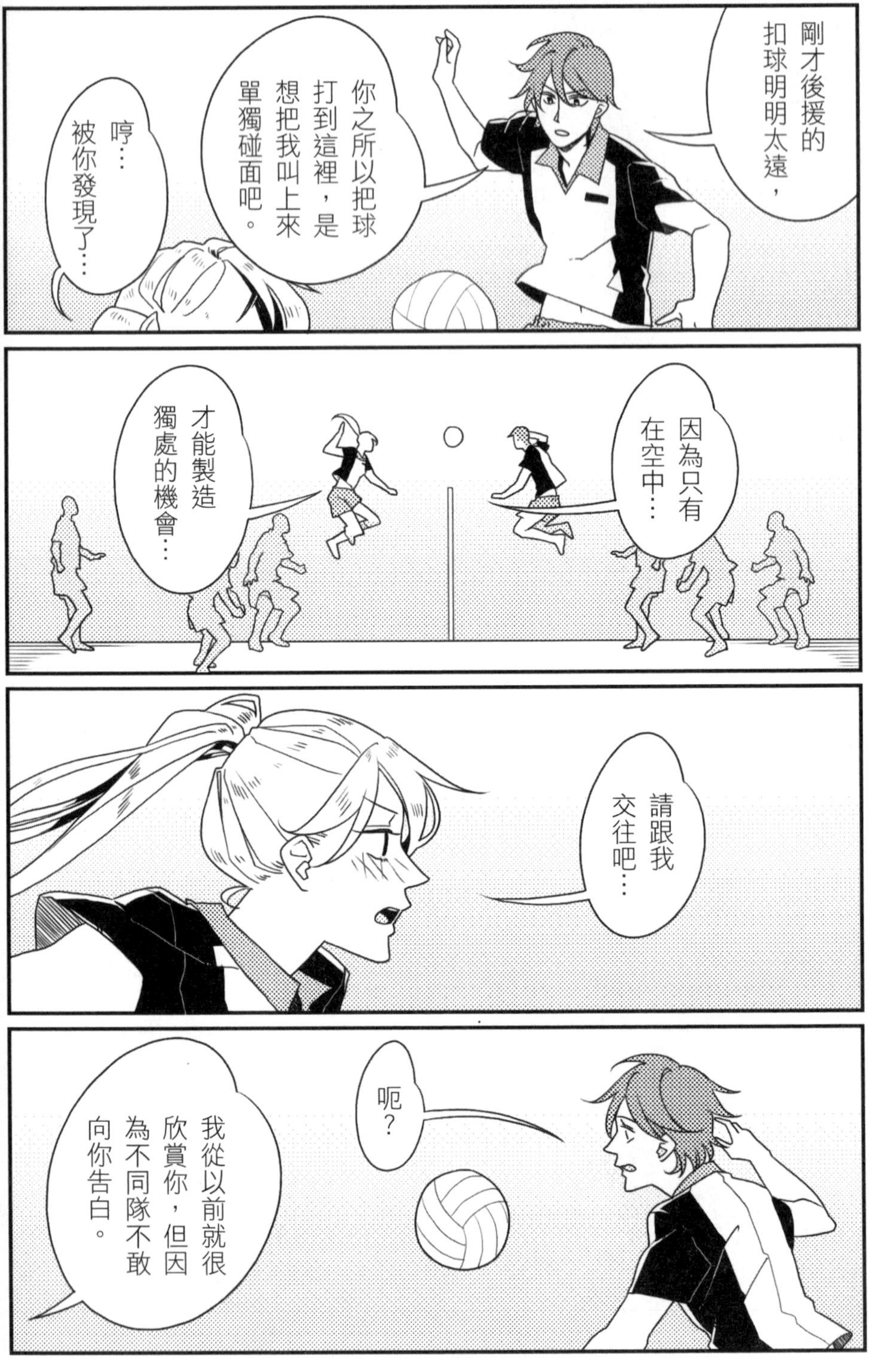

剛才後援的扣球明明太遠，
你之所以把球打到這裡，是想把我叫上來單獨碰面吧。
哼…被你發現了…
因為只有在空中…
才能製造獨處的機會…
請跟我交往吧…
呃？
我從以前就很欣賞你，但因為不同隊不敢向你告白。

這…是我為你做的巧克力…
情人節就做好的，但因為比賽還沒給。
是這樣嗎？
球你先替我拿著。
是我愛吃的慕斯巧克力…
吃吃看。
嗯？
吃看看吧。

很好吃呢，你會是很賢慧的老婆。
哈……哈……
啊……我快落地了……
不然下課後再聊吧……
我住松山區。
啊，我也是……
那下課一起走回去吧……
好啊！

校園
把錢拿出來給我花！
但……但是……
這樣欺負弱小，很不應該呀。
小霸王……
媽的，你不是隔壁班的小志嗎？
敢不把我小霸王放在眼裡，你欠扁嗎？
小霸王和小志打了起來。
碰
呃

可惡…算你走運！
我們走著瞧！
小志…謝謝你，
但聽說小霸王有
很多人罩啊。
不要緊，我也只
能見機行事了。
放學後
小志，你身手這麼
好，是怎麼練的呀？
輝哥！
就是他！
他把我打得
好慘！

輝哥！
我現在全身都痛，連吃飯都會流血！你一定要幫我！
你就是小志吧…
你把我家小霸王打得好慘啊…
你聽見他…
哭泣的聲音了嗎？
你想怎麼樣？

你看他的傷勢和心靈創傷，
應該幾百萬跑不掉…
所以呀，我想…
我們一起輔導他，陪伴他康復，
使他的心靈回歸正常快樂的孩子吧！
從那天開始
小霸王…來聽故事囉。
我不要聽！不要聽！
小霸王，你不是很喜歡超人嗎？
超人最愛聽故事唷！

嗯！我要當超人 我要聽故事！
啊⋯
呵⋯
你唷⋯
唔⋯
好了！好了！我要去煮飯了。
有什麼事再叫我吧！

在小志和輝哥的照顧下，小霸王漸漸走出被打的陰影，
變成禮貌又和善的小孩。
一個月後
你這要用二次方來解，
哇！小霸王你數學真強呀。
你們在家好好用功！
咦？輝哥要去哪啊？穿這麼漂亮。
我要去看電影……
哈哈，跟誰呀？

喂！不是說五點半就要到嗎？
啊⋯小志⋯抱歉！
又遲到！你每次都遲到！
哈哈
哈哈哈
笑三小

網球
網球場上
我要…打出你前所未見…
無法招架的球。
來吧…
我的球拍連時空都可劈開了，怕你的不成？
劈開時空又如何？重點是…
能真正影響我們一生的球！

速度…並沒我
想像中快…
這到底…
魔球的定義何在？

γ射線
球要能劈開時空，就只是能量密度達到極大值，
但那種情況沒人能控制，就叫失控，
我的球沒有這麼強，但球的能量控制得當，只需要球撞上你的拍子時，
因靜電放出電子，電子催化周圍離子放出γ射線。
γ射線能突變你的細胞，

使你細胞核中的Y染色體轉為X染色體…
最後使你變成女生。
做什麼啦！人家只想打球而已，
把我轉性做什麼！

小傻瓜，你這樣會著涼的。

能用球劈開時空不算什麼，
用球打出一個女朋友，才叫真正的網球高手。

考試
大一時，考前一週
哇…這麼多…
念不完了…
喂？找我看電影？
我拒絕，我才不想被當咧！
大二時，考前一天
考試？
等我打完這場電動再念啦。
大三時，考前一小時
咦？等下要考試喔？
趕快來翻課本。

大四時，考完一小時
剛剛物理考得如何？
有點難…
剛剛是考物理啊？
我還以為是經濟學…
當教授改考卷時…
這位同學用經濟學新凱因斯預期金融風險管理解釋物理學的量子現象。
嗯…根本不同領域…
但是如果將金融物流當隨機分布…竟然和量力的布里淵散射效應相符，
因為人類單一行為難統一，但整體受到市場供需（如同粒子受單一力場）來約束啊…

所有的公式……都相符合……
這傢伙……創造了嶄新的科學「金融物理學系」啊！
不久這位學生成為世界第一位金融物理教授，
為人類科學更進一步貢獻。
因此我建議各位同學，大三、大四的考試，根本不用知道考什麼就去考。
因為當所有學科精熟，瞭解科學的規律，就能夠觸類旁通，將所有學科用統一理論解釋。

奇片選擇題

請問男生在路上看到女生，
第一眼都會看女生什麼部位？

解答：她們隱藏起來的布丁
你把它藏在瑞士蘇黎世銀行的保險庫吧
密碼4623
你…說什麼啊
我聽不懂呢…

Love
愛一個人得不到快樂
除非他也愛你

香蕉皮
啪
走出
亂丟香蕉皮後，有個不看路的傢伙出現，這不是超萬年老梗嗎？
停下
在踩下前停頓，不也是老梗中的橋段嗎？

咻
衝上天

好，就用這股氣勢——
一口氣抵達終點吧！
什麼！
碰
地球人…憑你這種速度，
不要想和我爭取納亞克魔球！
西瓜皮

吐槽女已不想吐槽，所以回家念國文。
我會追上你的！
叩叩
你來做什麼？我已經吐槽不下去了。
凡事都找點來吐槽，不很累嗎？
不如放開一切束縛，享受身邊的美好吧！
……
算了，我也找不到點可以吐槽你。

放開拘束，享受一切
即使忘了吐槽，
又何嘗不快樂呢？

奇片濫新聞

奇片街頭搭訕被拒 民眾直呼「活該」

日前被某周刊記者拍到，人氣漫畫家奇片在公館搭訕路人，卻被對方拒絕，這則新聞引起社會高度關切。

民眾紛紛表示看法

台灣教俗協會理事長張清隆表示，這是一個新的里程碑，台灣人民看到奇片狼狽的模樣，代表正義終於得以被伸張。台北林先生「奇片平時太囂張，看到他搭訕被拒，我們鄉鎮打算放鞭炮慶祝。」桃園金小姐「212是值得慶祝的日子，代表和平正義的伸張。」

畢業舞會
高中畢業舞會
呵呵
嘻嘻
嘩嘩
窣窣

愛莉？
你怎麼沒去跟大家跳舞呀？
我才要問你吧。
好姊妹看到男生邀舞，就不管我囉。
這樣啊，我也差不多…
不過我也不喜歡在人多的地方…
嗯…瞭解…
……

很可惜吧…
唔？你指什麼事…
在畢業的最後一天…
我們的愛情沒有修成正果。
嗯…兩方的志向不允許…
雖然是和平地決定不要在一起，還是覺得少了些什麼…
但是我呀…

會永遠記住你的⋯
也會記住和你相處這三年的時光⋯
嗯⋯我也是⋯
啊，這是我最愛的曲子！一起去跳舞吧！
等等，我不會跳啊⋯
很好玩的！

不能在一起的戀人算是什麼…
有些人認為沒有意義，但是意義，也許就是在人生記憶中佔有一個位子。
即使不能與對方在一起…
開始吧…
能和對方跳這支舞，就有了意義…
水果舞
詞：翁宇君
水果～冰淇淋～

歡歡喜喜～又甜蜜～
水果冰淇淋最有趣！～
各位小朋友們，每週一到週五，記得鎖定28頻道！
有愛莉姊姊和米香哥哥，
教你帶動唱唷！

工視頻道
每晚八點
小朋友
一定要看！
現在幼幼台帶動唱
開頭會演比較久。
KOKO
點點名

奇片濫廣告

掉毛拖把

嫌家裡太乾淨，下班放學沒事可做？
用這款由太空總受署研發的高科技拖把，
越拖越掉毛，掃地掃不完！

新婚之夜
新婚之夜
婚禮總算忙完了。
對啊，好累啊。
既然我們結婚了，今天就可以生小孩了。
好啊，怎麼生？
不要亂跟男生牽手，會懷孕喔！
你也真是…
你家人沒告訴你，牽手就會懷孕嗎？
有…有啦…

那就開始了喔。
嗯啊……
牽
呼…真累…不過總算有小孩了。
肚子理的孩子…要取什麼名字呢？
男生叫「志明」，
女生叫「慧萍」吧。

唔…
咦?你的手?又變得又硬又脹了。
嗯…可以再牽一次嗎?
真受不了你，你們男生整天只想牽手。
我的手好硬，再牽一次嘛。
不行，我要睡了。
只好對自己DIY了。

奇片濫新聞

公園跳土風舞落拍 李姓婦人遭警方收押

昨日早晨，在公園跳土風舞的歐巴桑中，一名李姓婦人少跳2-3個動作，經民眾目擊並報警處理，警方以26名警力制伏該名婦人。該名目擊者表示：「完全違背土風舞的精神！」

暗戀
莎拉是會計部門一個我暗戀的女生…
但我從來沒勇氣跟她說話…
她甚至不認識我，更別說她會知道我喜歡她。
咦…

嗨!早安!
咦咦咦!她認識我嗎?
難道我的心意有跟她說?
是其他同事傳的嗎?不對…我沒說出去啊…
別想這麼多啊!快和她打招呼啊!
舉起手來!笑容自在一點!
哈…嗨…
嗨!早安。

這麼早就到公司呀。
對呀…案子處理不完。
呃…原來是別的同事…
那你…
今晚要一起吃飯嗎？
咦…我…

咦…怎麼說
呢…我…
我不行…
我今天晚上要上課耶。
你們去哪吃呀？
又不是跟我說嗎…差點誤會了。
我還在想…
還是週末？不是大衛要聚餐嗎？

週末呀…
好像就換我忙了…
盡量啦…那間餐廳平日很難訂…
我考慮看看囉！
好呀，就先這樣。

你在看什麼？變態嗎？
對…對不起…

唉…又誤會了…
真傷腦筋，週末要去嗎？好像有點麻煩…

婚禮
那麼，在眾人的祝福下…
不…
為什麼…
已經來不及了嗎…
這對新人也給了彼此承諾…

如果在場沒有人反對，
那麼，新郎可以親吻新娘了。
我⋯為什麼是最後才知道的？
那⋯那個賤男人⋯
老婆⋯
老公⋯

慢著！
我反對他們結婚！
她是誰？
這女孩是？
啊…
她竟然來了…

這…這女人是誰？
憑什麼闖進我們婚禮？
說啊！老公！快說！
別只是發呆呀！
老婆…對不起…
這…這個女孩…
她是昨天遲到…沒吃到喜酒的親戚…

咕……嗚……
咕……
連……烏骨雞湯都沒喝到嗎？
是……是的……
最後的排骨……也沒打包？
對……
居然沒吃到喜酒，脆脆的炸蝦還滿好吃的……
嗚嗚
唉……真可憐……
啜泣
請你們為了我……
再重新結一次婚吧。
好吧。
參加婚禮，沒吃到喜酒真是太可惜了。

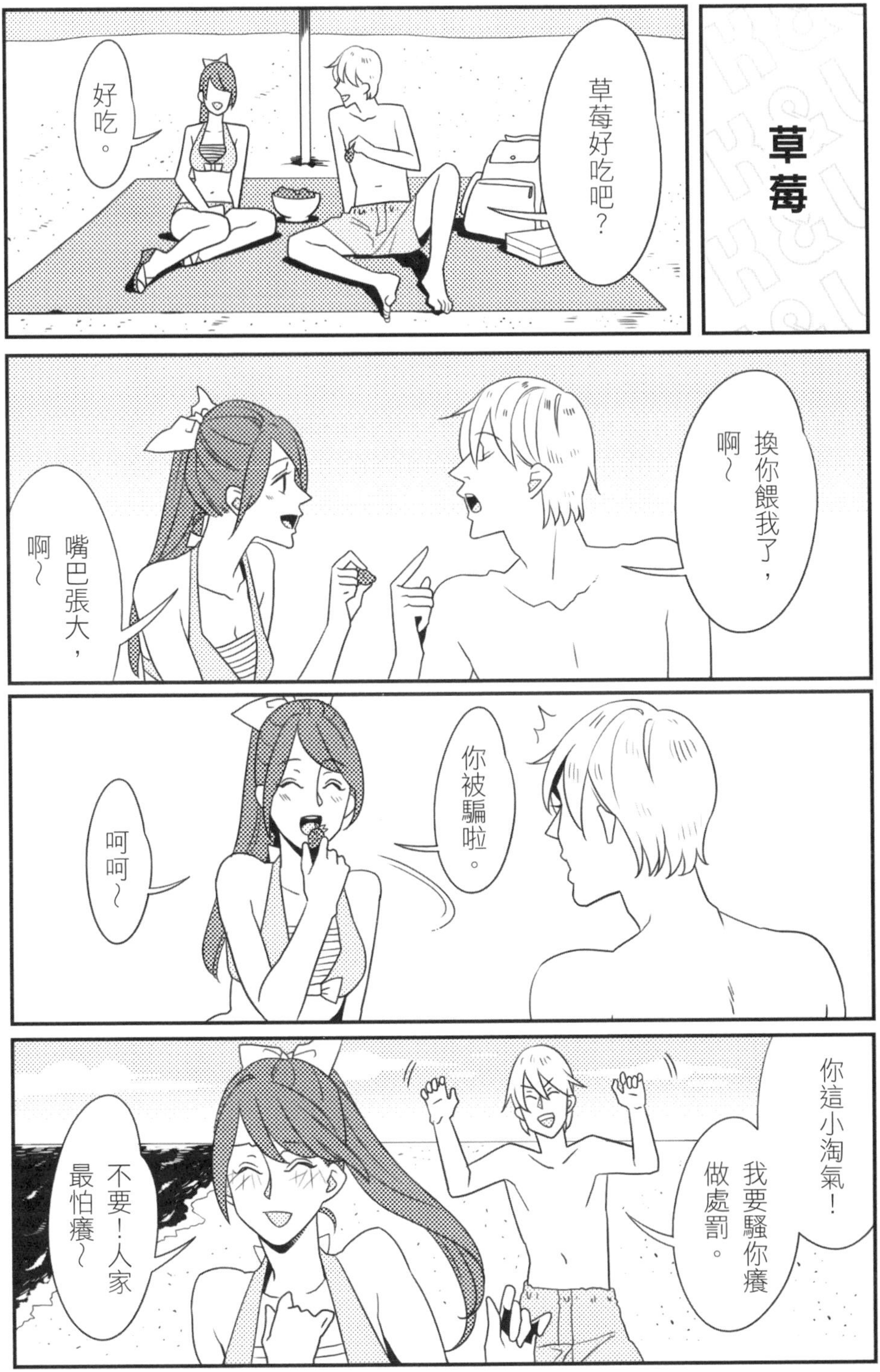
草莓
草莓好吃吧？
好吃。
換你餵我了，啊～
嘴巴張大，啊～
你被騙啦。
呵呵～
你這小淘氣！我要騷你癢做處罰。
不要！人家最怕癢～

別跑！
別跑～
呵呵，來追我呀～

咻
啪
唰
别跑！

可惡！
縮
哇！你是誰？
匡啷
轟轟
媽的！

有了！
啪
喂！這是民用直昇機！
我正在追我女友，借用一下！
看到了！她在摩天大樓頂。
哈哈，我抓到你了！
要給你咕嘰咕嘰⋯
不要！人家最怕癢～

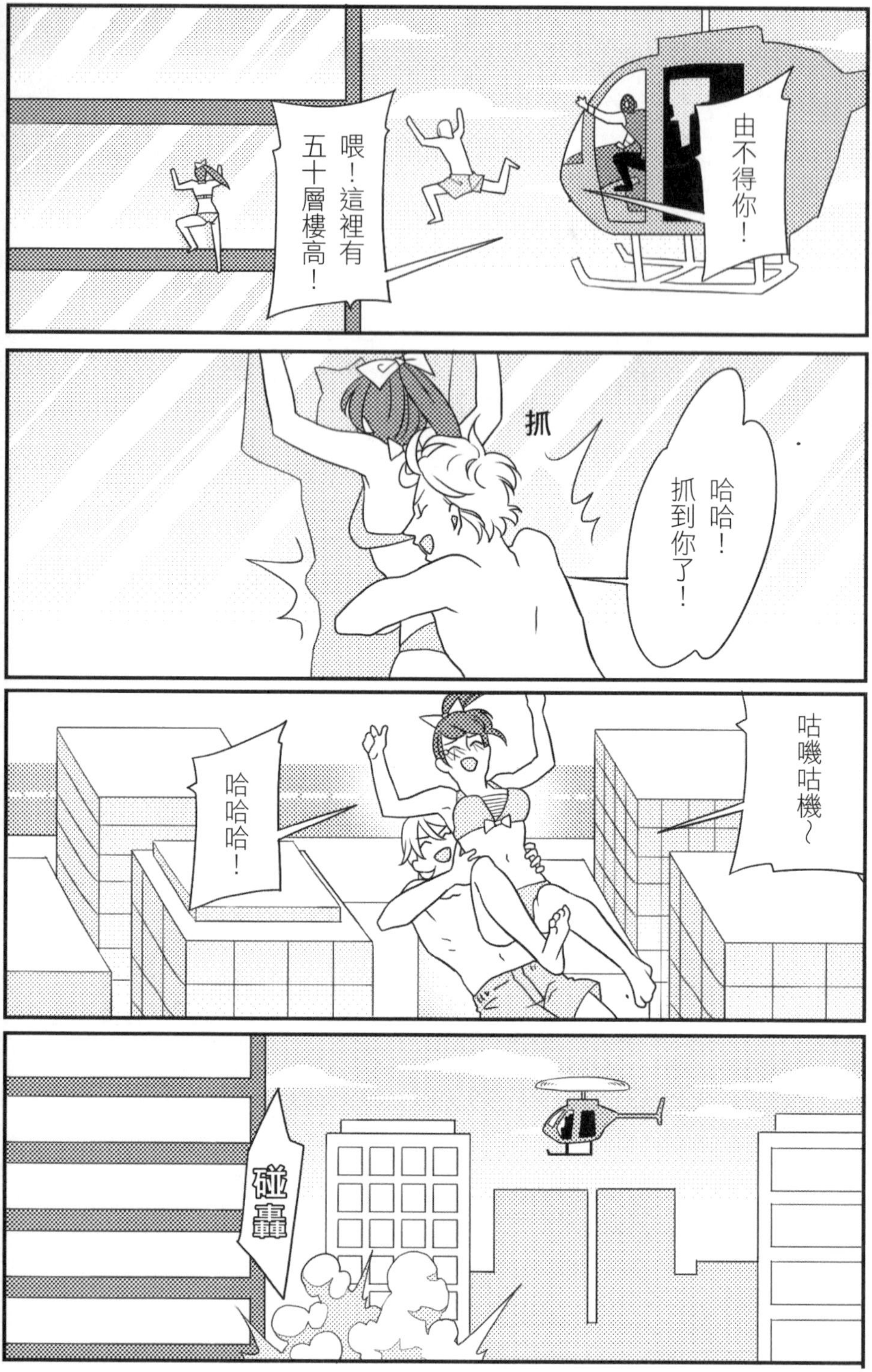
由不得你！
喂！這裡有五十層樓高！
哈哈！抓到你了！
抓
咕嘰咕機～
哈哈哈！
碰轟

奇片濫廣告

口香糖披薩

招牌口味 經典再現

捨棄傳統的起司，我們在披薩餅皮上放了一層咬過的口香糖，如此披薩的牽絲更多更長，而且永遠咬不斷！

訂購專線：0235XXXX

戰士
看鏢！
啪
呃
可惡的惡魔黨！
嘿嘿！
接下來，玫瑰騎士，你受死吧！
不准欺負我的詹姆士！
唔，這是…

以愛與善良為名！
我美少女戰士將會打敗你！
該死，那我就先解決你！
黑暗魔法槌！進入絕望的世界吧！
看你能用什麼打敗我？
惡魔黨集團的拋售股票。

在你攻擊詹姆士時，我想辦法讓你們集團成立法人公司…
法人合法化後，我向媒體釋出股票上市的消息…
當天買氣聲勢看漲，你們公司的股價也看好，
上市後，的確衝上萬元大關。
我們惡魔黨有資金，當然好啊。
這家公司吸引股東，資金全部投注在「美少女戰士」的資產源頭NHS動畫娛樂。

娛樂公司當然推出週邊商品、漫畫，確實從市場那得到回饋。
現在NHS轉而用賺到的錢，買回你們惡魔黨的股票。
想收購我們惡魔黨嗎？
不只是收購，我說過你們公司是我成立的，用這種方式買掉你們股票。
其實是合法的掏空惡魔黨的資產，你們已經瓦解了。

哇啊啊！徹底被擊倒啦！
你這狠毒的女人！
美少女戰士再次成功打倒壞人
詹姆士，你沒受傷吧。
掏空別人公司……
這不是八點檔劇情嗎？
八點檔都出現美少女戰士了，
美少女戰士不能出現八點檔劇情嗎？
請期待下一集明視大戲
絕情美少女

Tale 午夜鐘聲響起 女孩留下玻璃鞋

水井
阿梓、阿蓉，你們去井裡撈桶水來。
是，夫人。
李大娘！
在。
去把那兩人推入井水中，
可不能讓她們洩漏我紅杏出牆的秘密。
是的，夫人…
呀，是李大娘。
丫環正在為夫人打水呢！

推
大娘！你這
在做什麼！
噗咚
不好！大娘
把井封死了！
夫人…乾淨
俐落呢…
哼，做得很好。

唉唷！
井壁太滑了，抓不住啊！
井被封死了，爬也爬不出去，我們要死在井裡了。
不，阿蓉……
去把綁水桶的麻繩搓開。
阿梓，你幹嘛把頭簪敲碎呢？
喀嚓

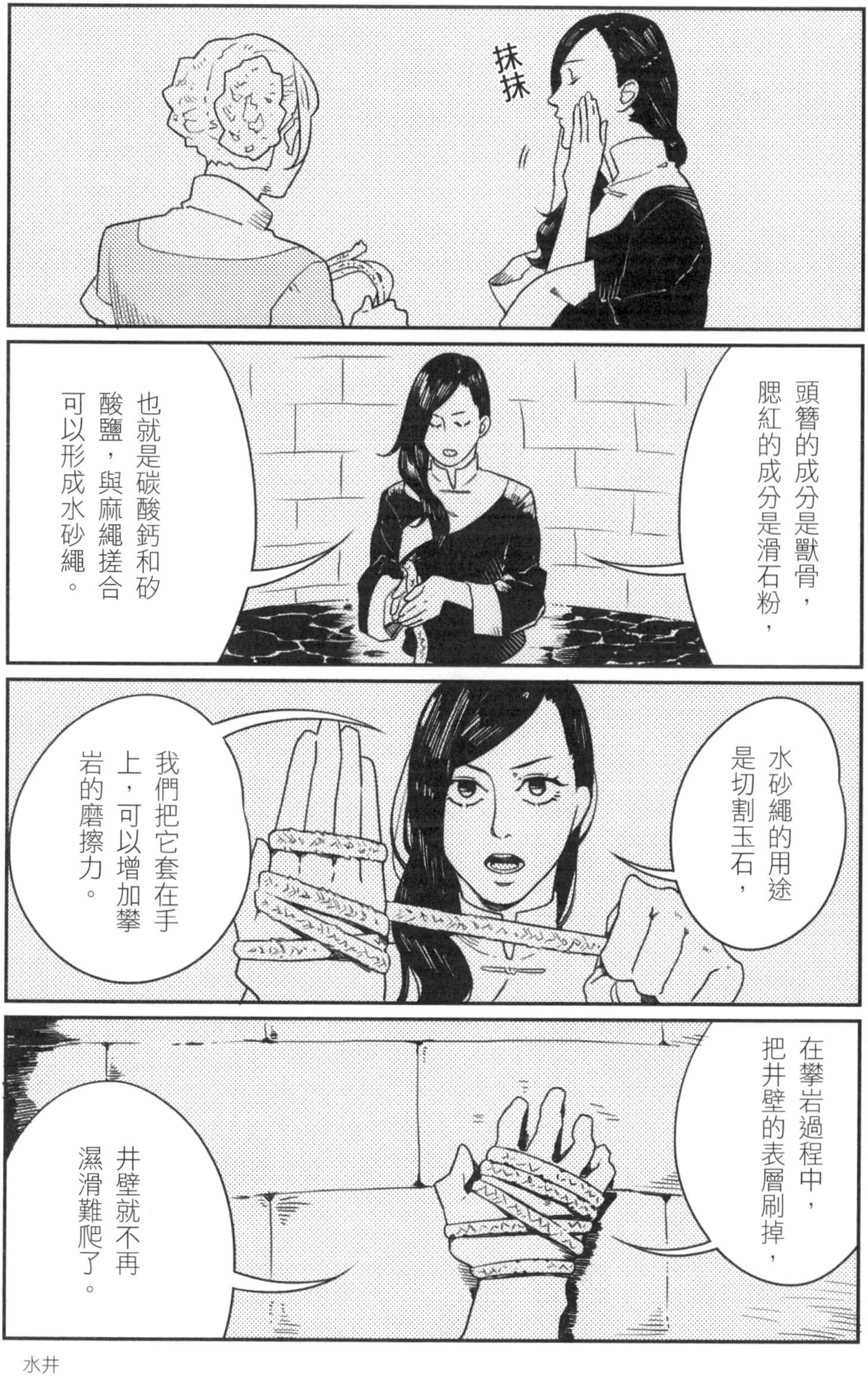
抹抹
頭簪的成分是獸骨，胭紅的成分是滑石粉，
也就是碳酸鈣和矽酸鹽，與麻繩搓合可以形成水砂繩。
水砂繩的用途是切割玉石，
我們把它套在手上，可以增加攀岩的磨擦力。
在攀岩過程中，把井壁的表層刷掉，
井壁就不再濕滑難爬了。

呼…阿梓…可以爬上去了！
呀！井口給封死了，根本推不開啊！
阿梓，你在做什麼？
這黑糊的東西是井底挖出來的瀝青，
因井水含許多微生物，沉積後在高壓下形成瀝青。

井水是挖掘地底的水，地下水含有許多礦物，特別是從土壤沖刷下來的硝酸鹽。
硝酸鹽又名硝石，
如果和瀝青、木炭混合，就成為炸藥，俗稱黑火藥。
再用麻繩做引信，取打火石點燃，就能成功引爆了。

碰
太好了！阿梓！
我們逃出來了！
接下來…
要去報仇了…

美食節目
歡迎收看美食節目~
我現在要吃這個魚蛋咖哩了!
魚丸
喔,這個魚丸Q彈緊實。
咖哩汁完全浸潤在魚丸皮層,
香氣與湯汁在咬下瞬間四溢。
完美的新鮮魚絞肉,
融合南洋咖哩香,彷彿瀰漫著海洋的味道!

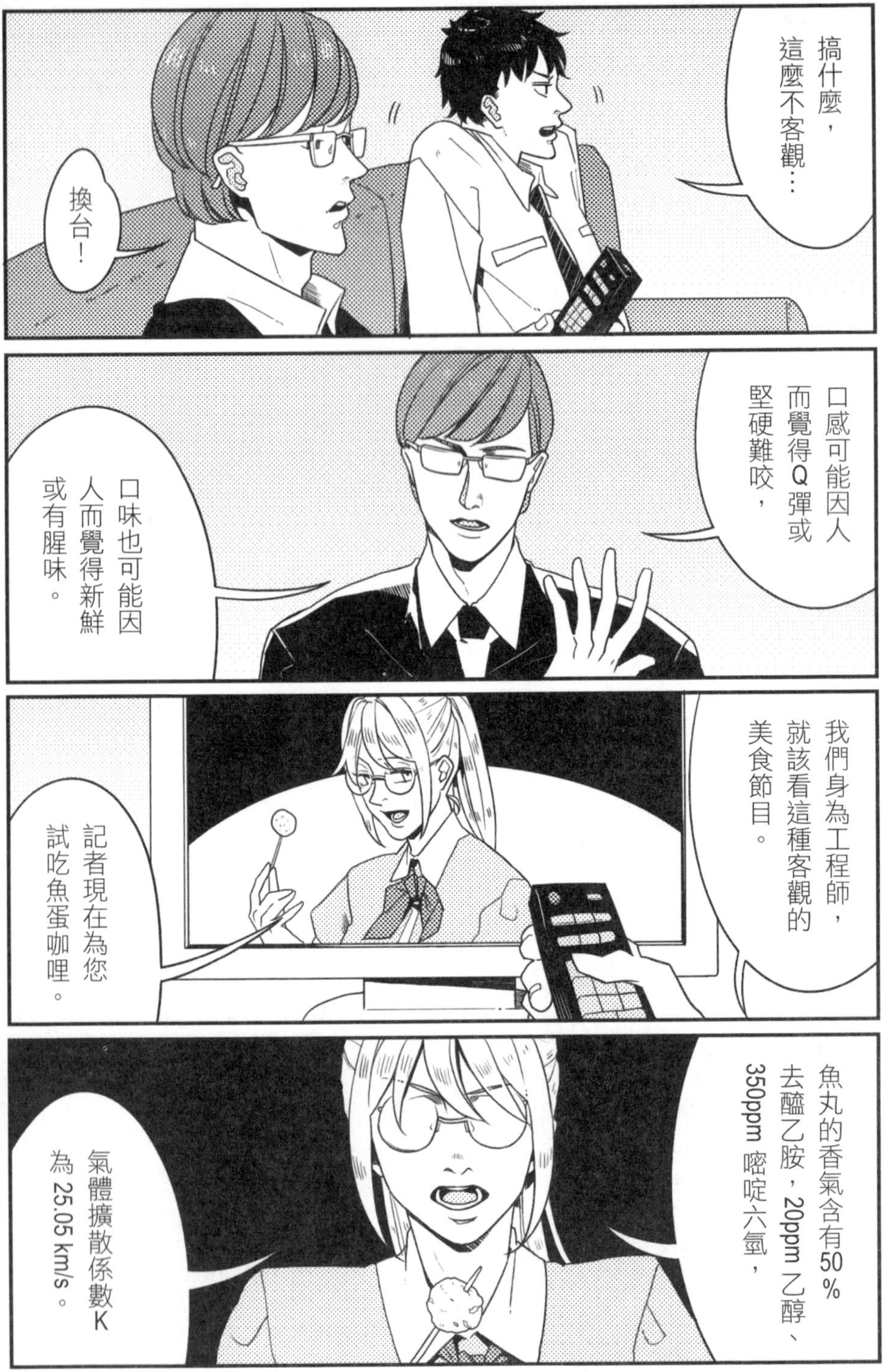
搞什麼，這麼不客觀⋯⋯
換台！
口感可能因人而覺得Q彈或堅硬難咬，
口味也可能因人而覺得新鮮或有腥味。
我們身為工程師，就該看這種客觀的美食節目。
記者現在為您試吃魚蛋咖哩。
魚丸的香氣含有50％去醯乙胺，20ppm乙醇、350ppm嘧啶六氫，
氣體擴散係數K為25.05 km/s。

擴散係數 25.05 啊！
那…很香啊！
咬下後，目前施力以 25N/m2，並以速度 3.5cm/s 加速，
魚皮以 3.5N/m2 的正向力作功。
扭矩達550了！
550！
太有咬勁了！
啊，噴發出湯汁，預測湯汁65度C，咖哩濃度 350ppm，黏度 25.35，
正以流體力學牛頓流體發散。

味覺分子以45度擴散，傳入味覺神經，頻率達55次／秒。
嗅嗅嗅！
我要吃！
咖哩的乙醯氨與味蕾及酵素反應，
CH30H
NH30H
味蕾
馬上產生葡萄六碳甲胺與異丁酸的味道了！
異丁酸！
是異丁酸的味道啊！
我要我要！
我們現在來訪問這道料理的製程工程師。

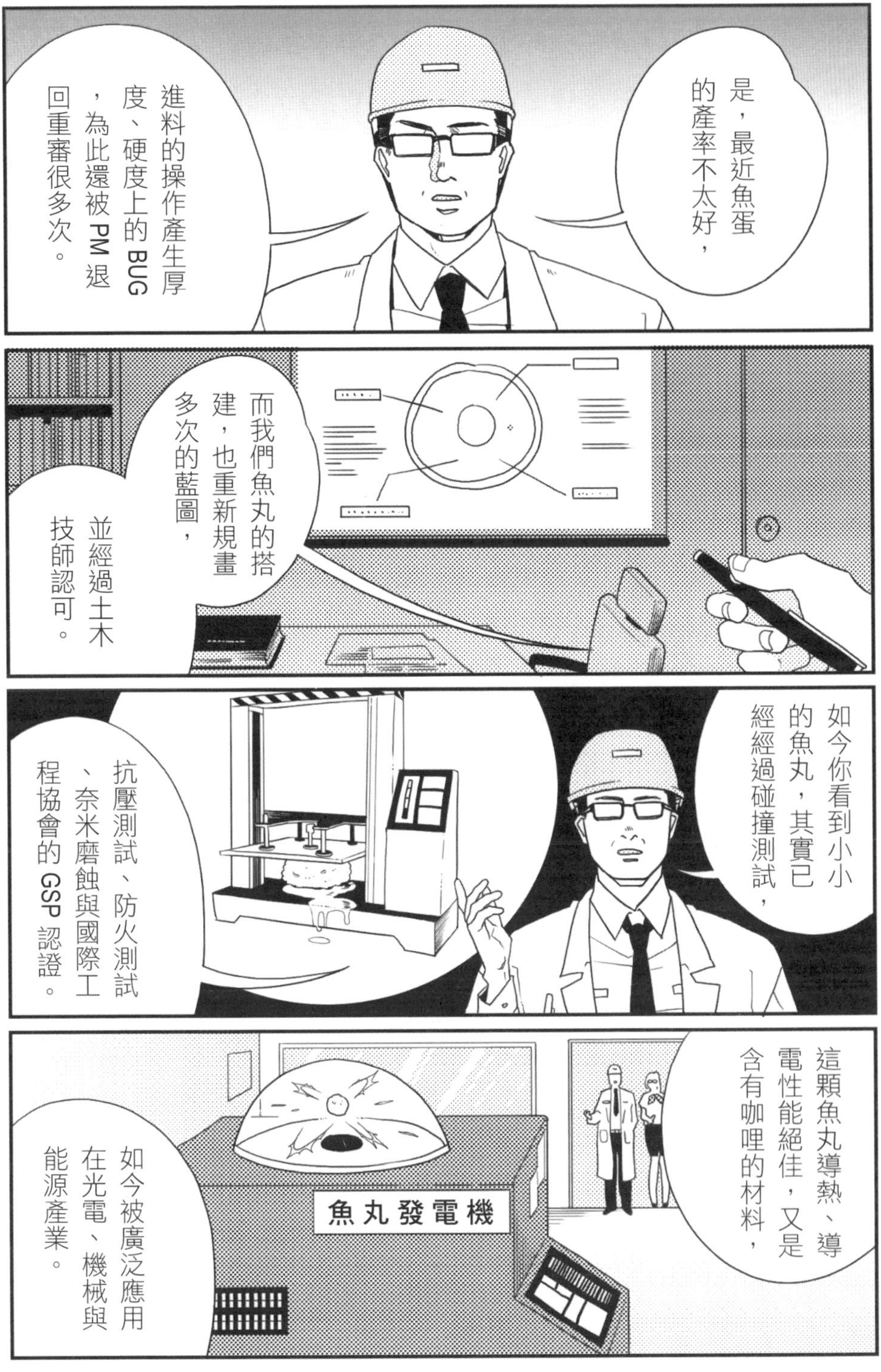
是，最近魚蛋的產率不太好，
進料的操作產生厚度、硬度上的 BUG，為此還被 PM 退回重審很多次。
而我們魚丸的搭建，也重新規畫多次的藍圖，
並經過土木技師認可。
如今你看到小小的魚丸，其實已經經過碰撞測試，
抗壓測試、防火測試、奈米磨蝕與國際工程協會的 GSP 認證。
這顆魚丸導熱、導電性能絕佳，又是含有咖哩的材料，
魚丸發電機
如今被廣泛應用在光電、機械與能源產業。

奇片濫新聞

專家證實 奇片目前沒女友

經過歐洲核子能研究機構與美國航太科技觀察總署十年的研究，科學家已證明奇片目前沒女友，「這本身是違反愛因斯坦相對論的」，目前學者們正努力研究奇片沒女友的原因，而奇片表示：「酸我酸夠了沒。」

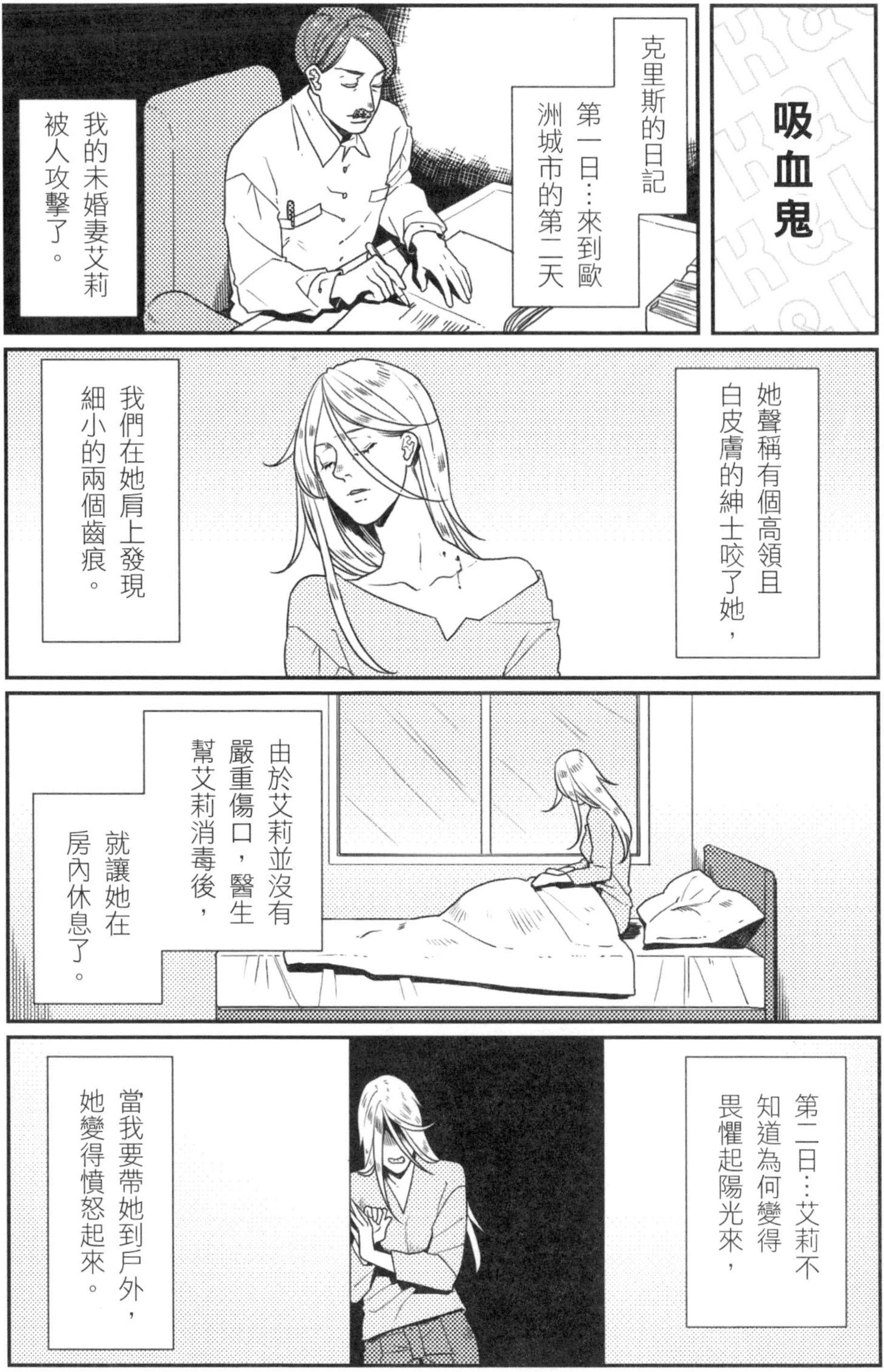
吸血鬼
克里斯的日記
第一日…來到歐洲城市的第二天
我的未婚妻艾莉被人攻擊了。
她聲稱有個高領且白皮膚的紳士咬了她，
我們在她肩上發現細小的兩個齒痕。
由於艾莉並沒有嚴重傷口，醫生幫艾莉消毒後，
就讓她在房內休息了。
第二日…艾莉不知道為何變得畏懼起陽光來，
當我要帶她到戶外，她變得憤怒起來。

當天晚上，我觸碰她的手，竟感到如此冰冷，
她雖然還活著，但膚色竟白得不自然，噢，我看了好心痛。
第三日…她不再進食，而她嘴中兩根利牙突出來，
我問她，她想吃什麼，
她說「鮮血」
這是我的未婚妻嗎？不過一周前，她是如此有活力。

第四日…外面的血有夠貴，我買了一碗紅豆湯給她喝，
騙她這就是鮮血，她也喝下去了。
第五日…她竟然要我買十碗紅豆湯，
十碗啊！她竟然一口氣全喝光了！
第十日…我今天照例買了十碗紅豆湯，
當我回到家，一打開門，我驚呆了…

艾莉……正在種紅豆……
她想吃紅豆想瘋了吧……
第二十日……艾莉開設了紅豆工廠，開始製造量販紅豆商品，
如紅豆罐頭、紅豆冰棒。

第三十日…艾莉的紅豆產業一帆風順。
源圖大展
她開始上市公司，並與量販結盟。
第六十日…當我們壟斷全球45%的紅豆商品市場，
終於與全球最大競爭對手「紅豆王朝」對上了。
這時艾莉才發現，原來當時就是紅豆王朝的總裁吸她的血的…

「方總裁」艾莉這樣說，
「今天會到這種地步⋯⋯」
「都是你造成的！」
我要把你們紅豆王朝併吞下來！
就是要報我這個仇！
這將是企業強人艾莉的復仇！她能如願達成嗎？

熊與旅人
從前有兩個旅人，小明和小華，他們經過了森林。
在森林中出現一隻熊。
吼
會爬樹的小明趕緊爬上樹，
不顧不會爬樹的小華…
小華見熊逐漸逼近，便倒在地上裝死。

熊在小華身邊嗅一嗅…
接著熊便離去，沒有吃了小華。
呼…好險…
哈，剛才熊在你身邊聞來聞去，好像在跟你説話呢…
哼

沒錯，熊是在跟我說話…
他說什麼呢？
他說「見死不救的人，不配當作朋友！」
啊…
啊…熊是這樣說啊…
哼…
那你去幫我跟熊說…
告訴他…

●你娘啦！
●你媽的●掰熊
干你屁事！
喔⋯好吧⋯
麻煩你了⋯
小華來到熊的山洞。
呃⋯不好意思⋯

小明要我跟你說…
五分鐘後…
小明…
熊很不高興…
這是他給的答覆。
喔，是這樣嗎…
你去告訴熊，這是我給的答覆。

接著小明就●了小華
五分鐘後
熊…
這…這是小明給你的答覆…
慢慢靠近
哇啊啊
吼！

五分鐘後
小…小明…
我把你的答覆告訴熊了…
而我和熊，
決定明天就結婚了…
我呀，早就看出你們兩人的心意，
只是還要我放出機會吧…
謝謝小明！
好了好了！少肉麻了！
婚宴請好吃一點的就好了！

西餐禮儀
你是從外面來的野丫頭，
即使你有貴族血統，但也代表所有禮儀我必須重教一次。
首先是牛排……
粗俗！粗俗！
啪
究竟你的養父養母是怎麼教的！
刀叉的用途，就是讓人像文明人一樣！
一口一口把食物放入嘴中。

呼嚕呼嚕
再來是喝湯…
噢！天啊！
我們奧利佛家族是不是多了一隻狗呀？
我不知道你的養父母是活在怎樣的環境，
但身為「人類」理當用湯匙就口，慢慢品嘗。
大小姐，你最好趁社交聚餐前，
把這些西餐禮儀都學會。

彈
噢！天哪！
大小姐！身為你的家庭教師，
不得不說你比我看過的僕人還粗鄙！
因為身為奧利佛家族的人，
世世代代都對食物有絕對的執著…

我們不會用那低俗的西餐禮儀糟蹋食物的！
大小姐！
飛在空中的牛排
唰唰唰！
牛排瞬間在空中切成薄片，
利用高空中快速切片，使肉汁迅速鎖在肉塊中。

與空中的劇烈翻轉，
踩
增加牛肉纖維的口感——
仿如置身牛肉殿堂一般。
太美了…而且牛肉這樣切片很好吃…
品嘗紅酒吧！
且慢！紅酒豈可暢飲！
那是要倒入玻璃高腳杯中，先醒酒，再含入口中聞香氣啊！

糟蹋食物！
哇！大小姐！
就算你是奧利佛料理世家的人，
也不表示你能玩食物啊！
誰說不要玩食物？
玩食物哪裡不好了？

……
紅酒粒子…
猶如電玩貪食蛇般，一粒一粒吞入嘴中…
一起來玩吧！
哈哈哈
我活了六十年，教了三十多年西餐禮儀
終究忘了聚餐的初衷…
不就是大家…
吃得盡興嗎？

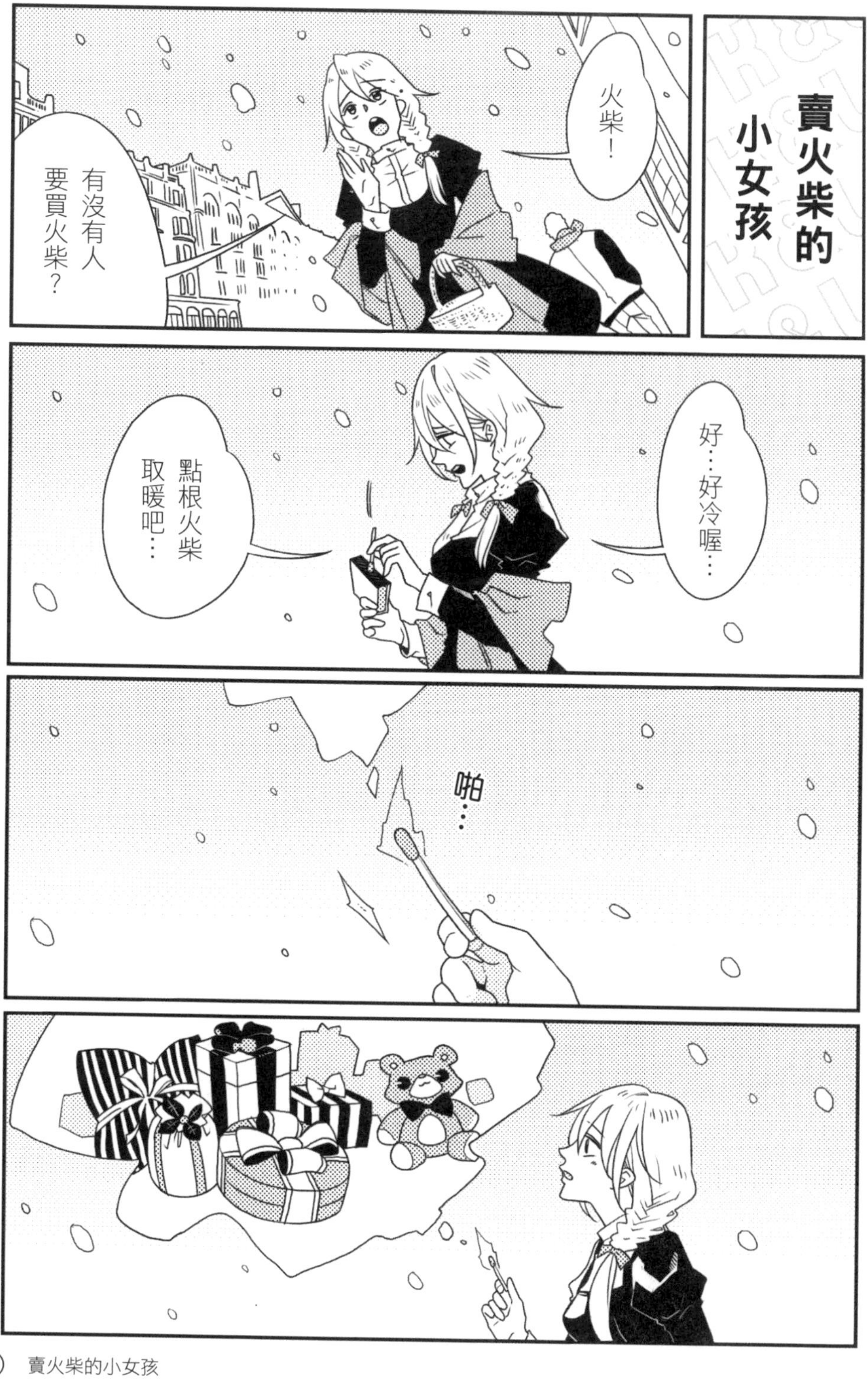
賣火柴的小女孩
火柴！
有沒有人要買火柴？
好…好冷喔…
點根火柴取暖吧…
啪…

禮物！
好多好棒的禮物！
再點一根⋯
啪
哇！
熱騰騰的食物⋯
好棒⋯好開心喔⋯
這是最後一根。
啪

奶奶…
好想你喔…
好想去看已經過世的奶奶…
熄滅…

很好，這樣一切的線索…
都拼湊起來了。
我已經知道…
誰是殺害我奶奶的兇手了！
一週前
奶奶！我回來了…
奶…奶奶？
那天，小女孩回來看見被人殺害的奶奶。

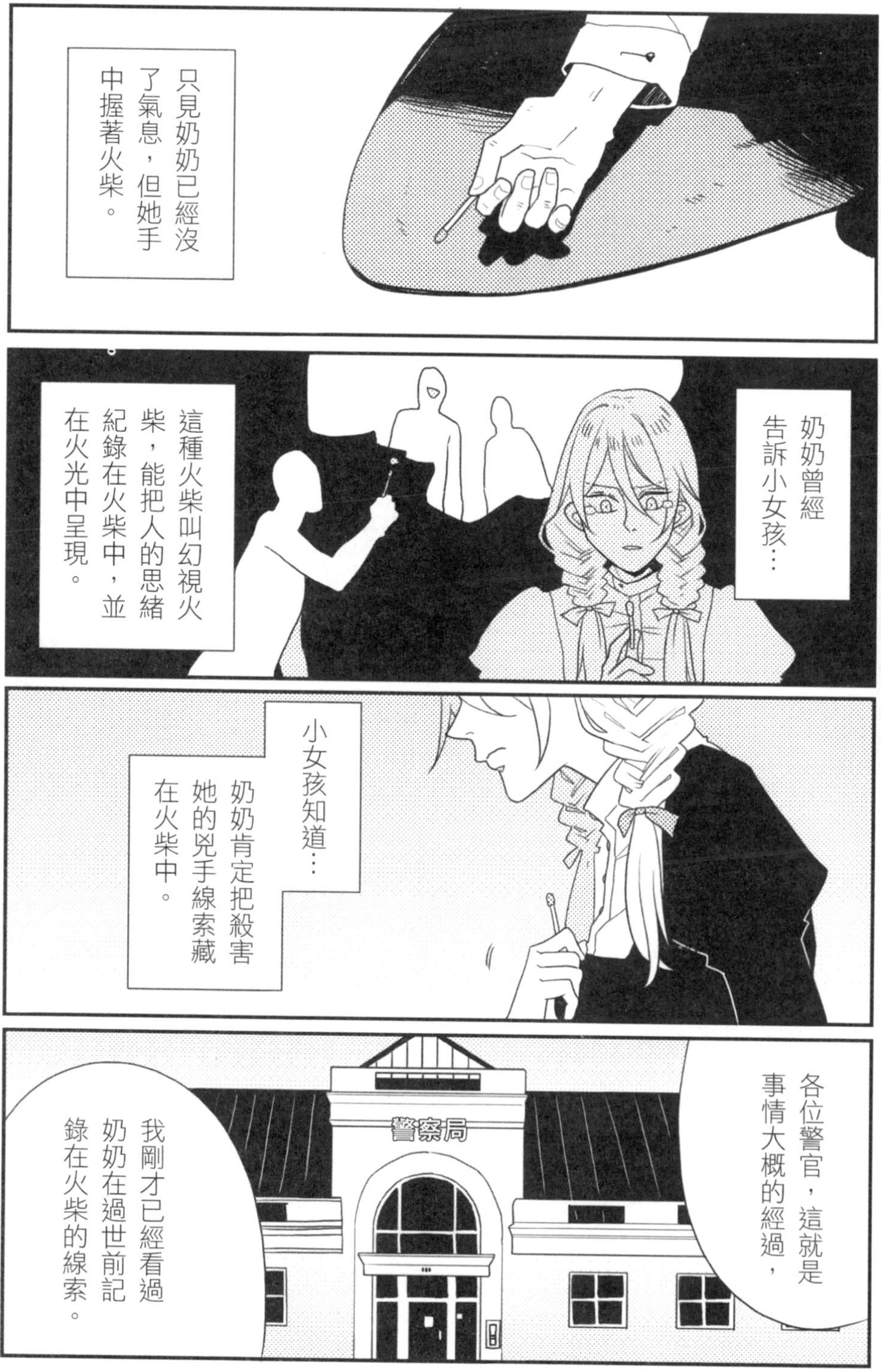
只見奶奶已經沒了氣息，但她手中握著火柴。
奶奶曾經告訴小女孩……
這種火柴叫幻視火柴，能把人的思緒紀錄在火柴中，並在火光中呈現。
小女孩知道……
奶奶肯定把殺害她的兇手線索藏在火柴中。
各位警官，這就是事情大概的經過，
警察局
我剛才已經看過奶奶在過世前記錄在火柴的線索。

現在開始推斷，如大家所見，第一幕火光中，出現禮物的場景。
但禮物的包裝未見送禮和被送者姓名，這不是很可疑嗎？
而包裝處用蠟彌封，肯定是放入乾式製品，我推斷這只是走私菸草的包裝手法，這就是動機。
的確，最近有宗大型走私菸草集團還沒抓到，
知道詳情的人都被滅口了…
再來是食物，這是地點的提示…
唯一會提供這些餐飲的地方，只有鎮上的默洛堤餐廳。

最後是奶奶的出現……
他身穿默洛堤餐廳的制服，因為她是夜班臨時工。
如果把這些線索串起來……
正是莫洛堤餐廳走私菸草，被值臨時夜班的奶奶看見，
因此走私集團殺了奶奶滅口……
請快派人拘捕吧！
那些人不准動！
你們被捕了！

小女孩…感謝你的幫忙…
我們抓到走私集團了，也幫你奶奶討回公道。
那麼…你未來仍然要繼續賣火柴嗎…
啪
有必要嗎？我擁有幻視火柴，和能推理的頭腦…
我想這裡的人民與其要你們警察…

奇片濫廣告

擺爛強效學習班

在學校擺爛，可以不用打掃；在分組報告擺爛，可以不用做事，又能拿高分。

二十一世紀人們不可或缺的技能，3小時函授課程加15片教學光碟，使你擺爛到老闆都認不出你來。

搞笑
看好囉，
這一定讓你笑到肚子痛。
塞
我有大雞雞！
好笑吧！哈哈哈！
凸起
哈哈哈！
妹妹喜歡看我搞笑

歐尼醬～
你不要玩了，歐尼醬～
雖然她要我正經，卻還是掩飾不住咯咯地笑。
你不要玩了，歐尼醬～
啊，我被你打得好痛。
一年後
爸、媽，這是真的嗎？
我聽說你們要把妹妹送給別人當養女？
這是真的嗎？

爸爸不想說出「養不起妹妹」的話。
但我也知道，他不得不這麼做。
當天晚上
妹妹年紀還小。
如果她一定要當別人養女，也許不會讓她太難受，而且她不用再過苦日子…

嗯…這樣對她…
最好吧…嗯…
妹妹要送給人當養女的那天，我強忍住淚水。
唉唷，妹妹幹嘛一直捏哥哥的臉。
好痛哪。
歐尼醬不笑了。

好，好⋯⋯
歐尼醬再搞笑一次⋯⋯
你看⋯⋯我有大雞雞⋯⋯
歐尼醬！你好愛玩！
妹妹坐轎子離開時，被我逗得咯咯笑。
歐尼醬～
笑吧⋯就是這種表情⋯⋯

妹妹……笑吧……

大野狼與七隻小羊
小羊在家嗎？
叩叩叩
快開門，我是羊媽媽喔！
你才不是羊媽媽，媽媽的聲音又柔又細。
麥芽糖
我的聲音又柔又細，
叩叩叩
快幫我開門吧！

你才不是羊媽媽……
喀
但吃了我們吧！
媽媽被屠宰場的人抓去，我們也顧不了自己了。
去你們的！
你們真不孝！

我從小也沒有家人！
可是我至少懂得活著！
小羊們！我遲早還會來敲門的！
到時候給我堅強地來應門！
狗屎，為什麼我對他們有同情心呢？

大野狼從小也沒有家人陪伴，
他的父母只選擇比較強壯的小狼養育。
大野狼從小就被遺棄，自生自滅。
去你們的…
好，這次進五隻羊去宰殺。
屠宰場
咩…
咩…

為什麼是屠宰場？我家還有七隻小羊在等我啊⋯
羊媽媽別哭了，他們會照顧自己的。
噠
這是⋯大野狼啊⋯
怎麼會出現大野狼？是來吃我的羊嗎？

哇啊！
嚎！
怎麼回事？
不知道，現在柵門開著，快跑吧！
這是怎樣？
咩…
別管羊了，卡爾受到攻擊了。
咩咩…

躂
大野狼？
可惡！
羊全跑了⋯
你把他拖到旁邊！
我要殺死這隻狼！

小羊們…
也許那個門…我無法再去敲了…
不過至少…
你們不會像我一樣沒有家人…
吼
哇啊啊!
碰

叩叩叩
你是誰？
小羊們，是媽媽。
大家棍子拿好喔，如果是大野狼就打下去！
你把門打開一點看啦！
真的是媽媽啊！

小羊們……也許那個門，我無法再去敲了……

不過至少……
你們不會像我一樣沒有家人……

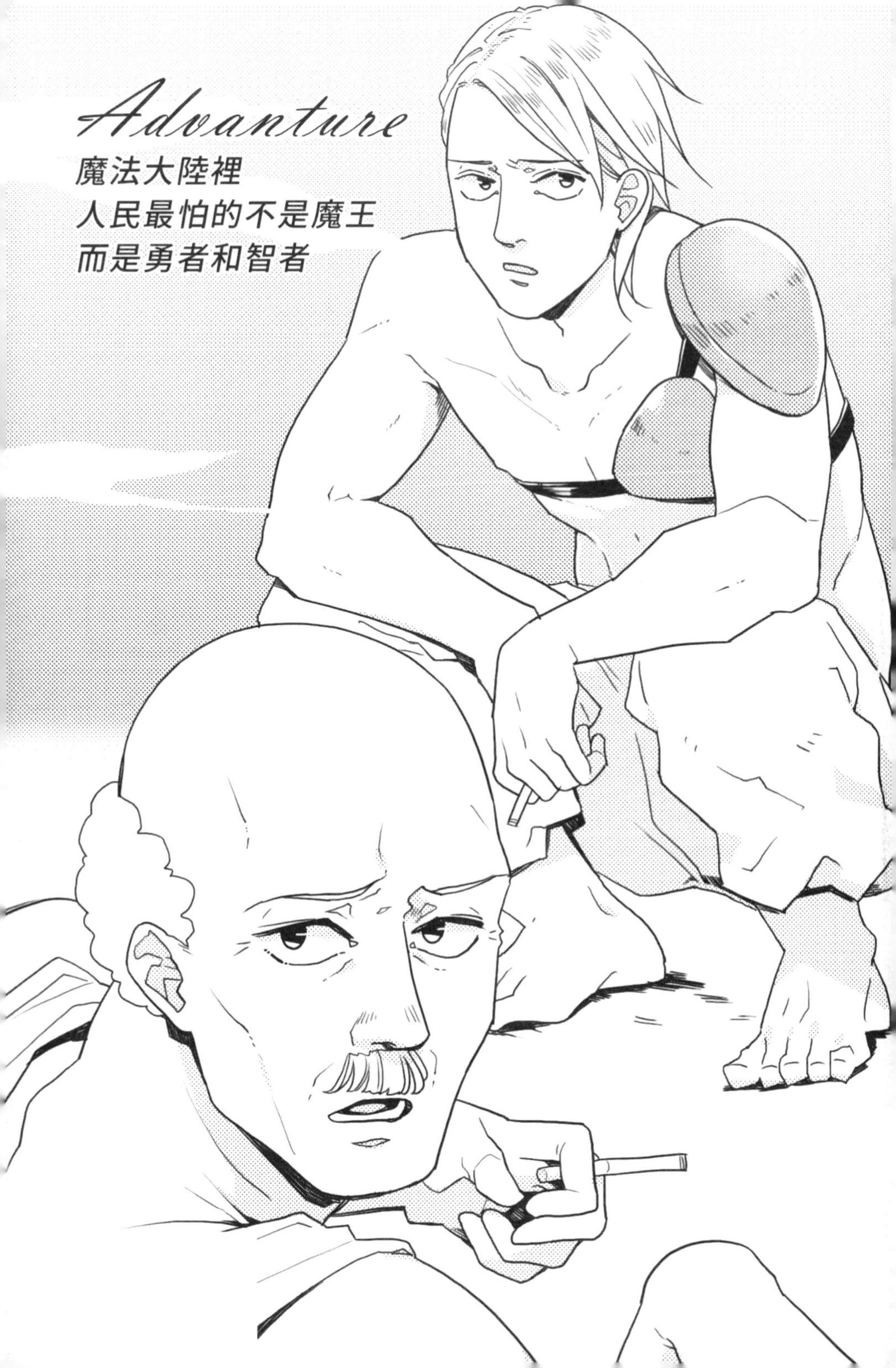
Advanture
魔法大陸裡
人民最怕的不是魔王
而是勇者和智者

魔王勇者
老先生，您為何揹柴，這麼辛苦，不玩樂呢？
呵…因為冬天快來了。
要是冬天來了，
沒準備柴，可是會受凍的。
你可傻了，我看天氣這麼好，
怎麼可能變冷天嘛。哈哈哈～

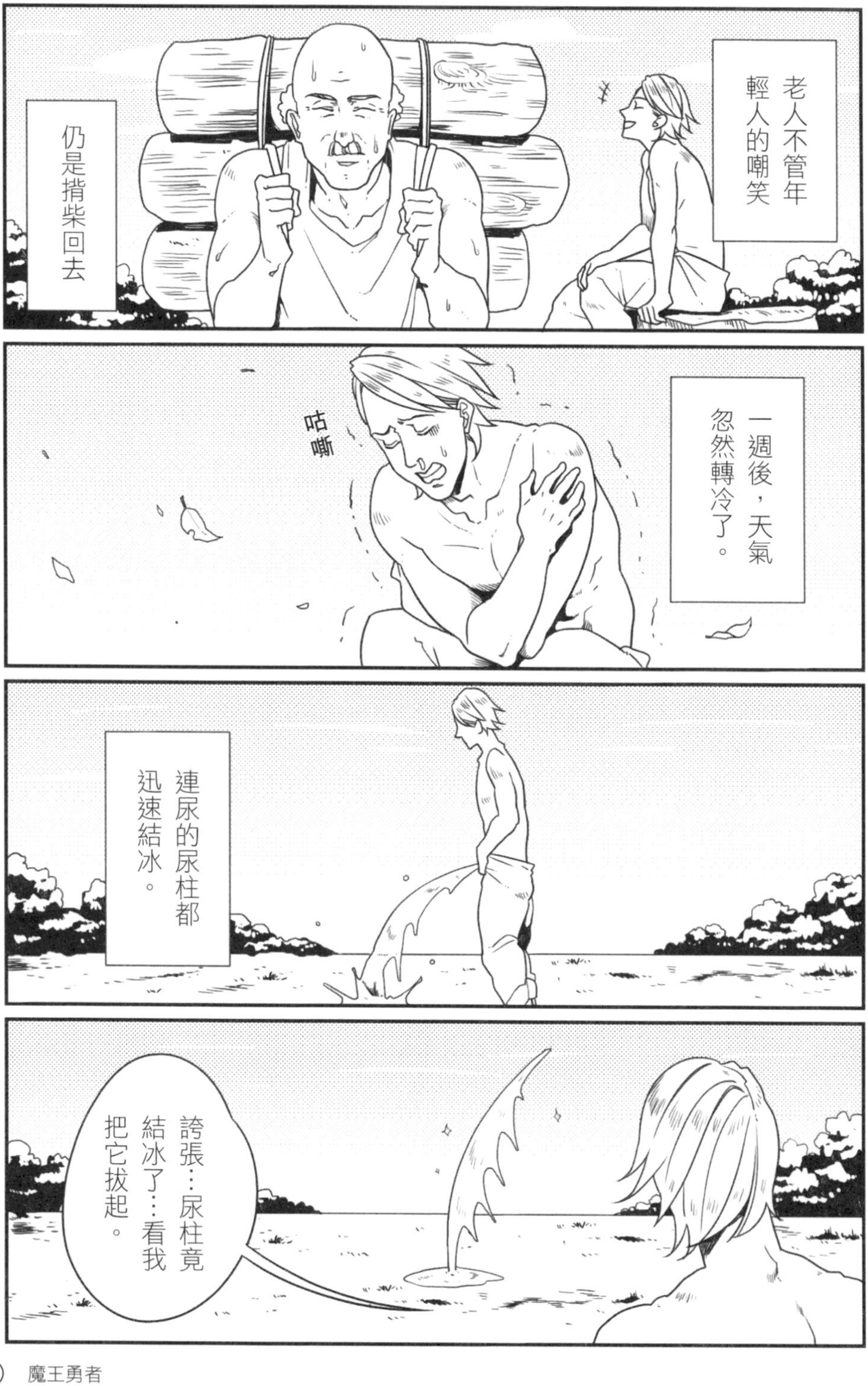
老人不管年輕人的嘲笑
仍是揹柴回去
一週後，天氣忽然轉冷了。
咕嘶
連尿的尿柱都迅速結冰。
誇張…尿柱竟結冰了…看我把它拔起。

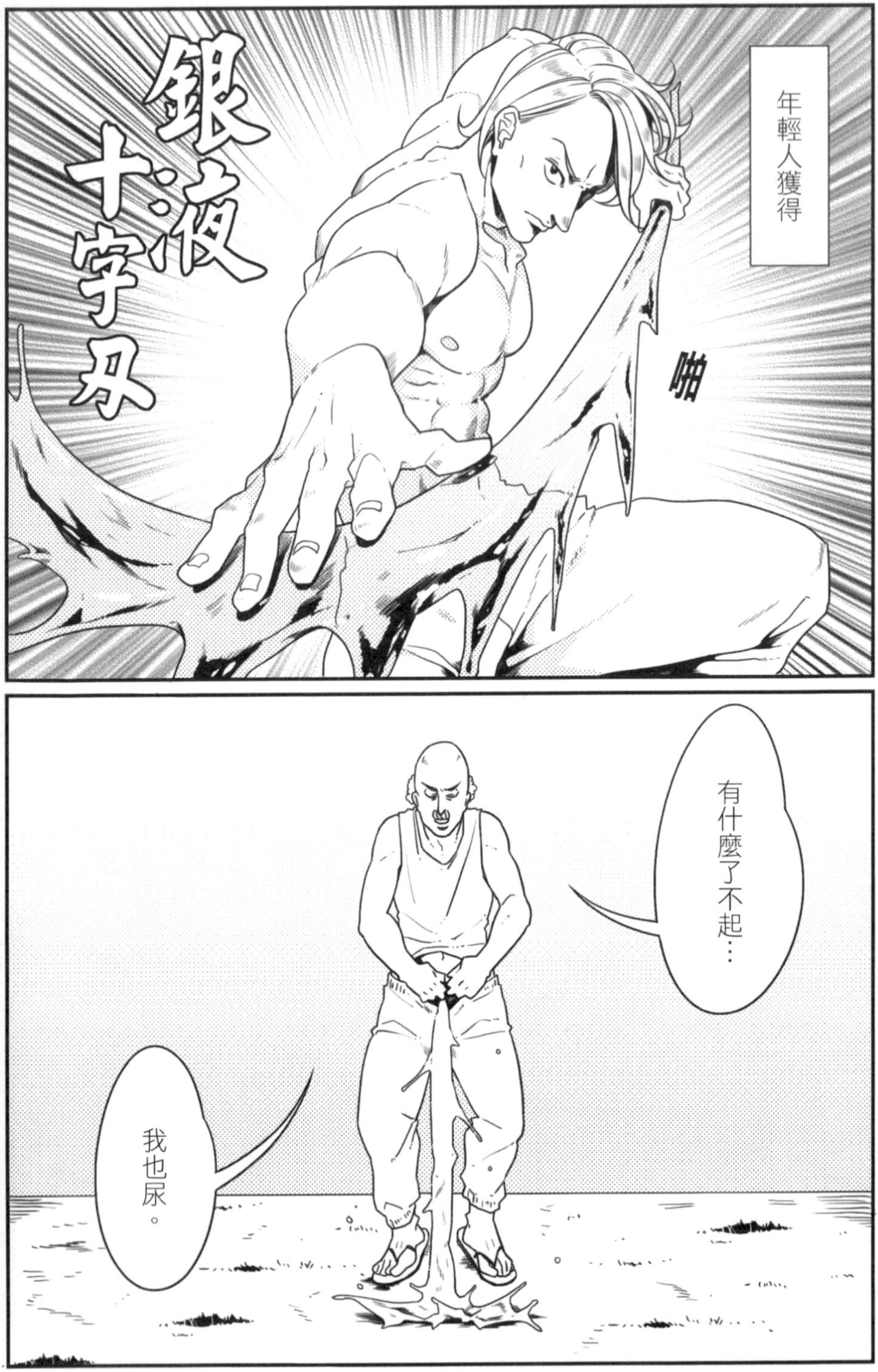
年輕人獲得
銀液十字刄
啪
有什麼了不起……
我也尿。

老人獲得
冰晶救世劍
一起去打倒魔王拯救公主吧！
好，我看你有膽識，一起去吧。
話才剛説完，魔王便出現。
因為他剛好路過，剛才去買東西。
魔王！

喔？哈嚕～
我們要打倒你！
喔，不行。
魔王竟然因此未被打倒。
可…可惡…竟用一句話就阻止了我們。
老先生…到底該如何，才能讓魔王被打倒呢…
呼…哈…
因為你少說了「請」和「謝謝」。
只要說「請問魔王，我可以把你打倒嗎？謝謝」
就能打敗他。

因此…我要把我的秘笈…
公民
公民課本傳授給你，使你更有禮貌…
話一說完，老先生便不再說話。
老先生！醒醒啊！
因為他要睡午覺。
我會熟讀公民課本，
公民
把基本禮貌、餐桌規矩念好！

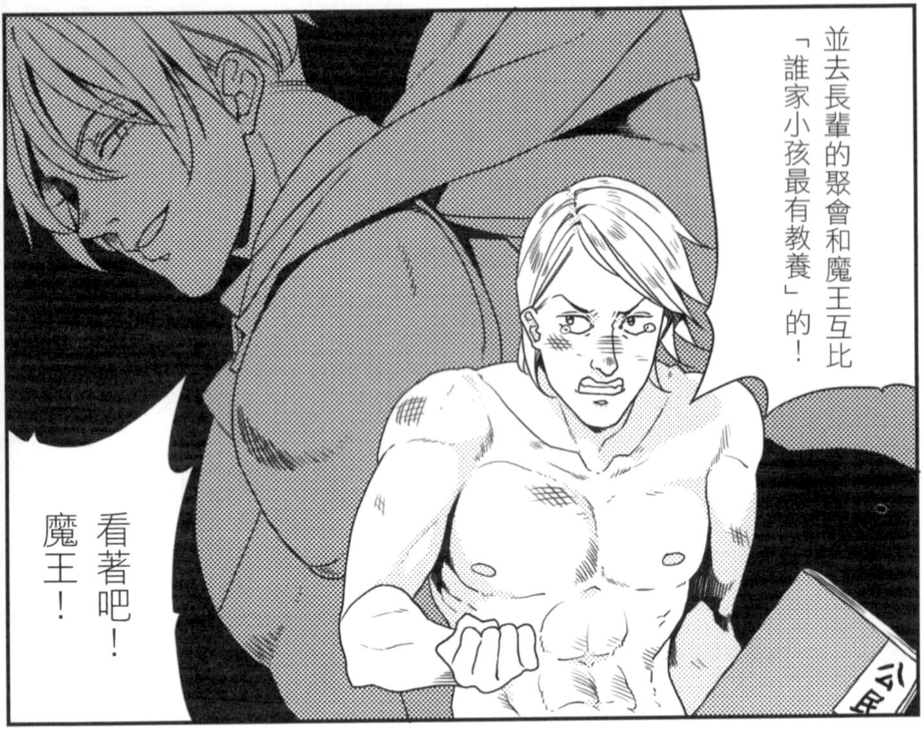
並去長輩的聚會和魔王互比「誰家小孩最有教養」的！
看著吧！魔王！

魔法大陸偽百科【冰晶救世劍】

Made in Canada，成分含有麥芽糖、食用明膠、黃色色素 3 號，
3 歲以下兒童請勿放入嘴中
攻擊力：差不多跟男生被女友發現偷看 A 片的攻擊力

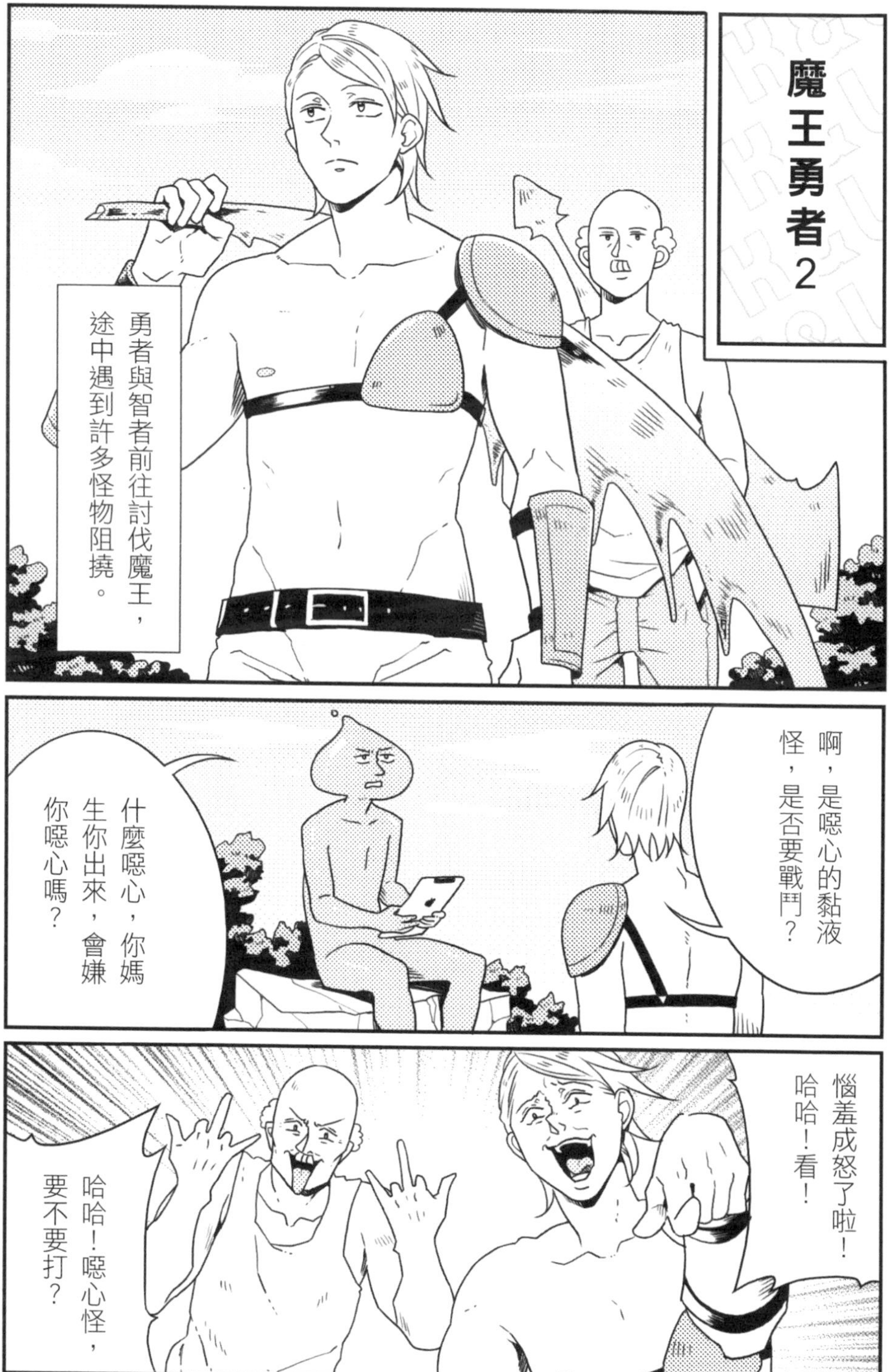

魔王勇者2
勇者與智者前往討伐魔王，途中遇到許多怪物阻撓。
啊，是噁心的黏液怪，是否要戰鬥？
什麼噁心，你媽生你出來，會嫌你噁心嗎？
惱羞成怒了啦！哈哈！看！
哈哈！噁心怪，要不要打？

這種黏液怪超弱，是給我們賺經驗值的⋯
我知道，所以我才想打。
喂！弱小怪，來打啊！
就算我不答應，你們也會打我吧⋯
那⋯請別出手太重了⋯
一分鐘後⋯

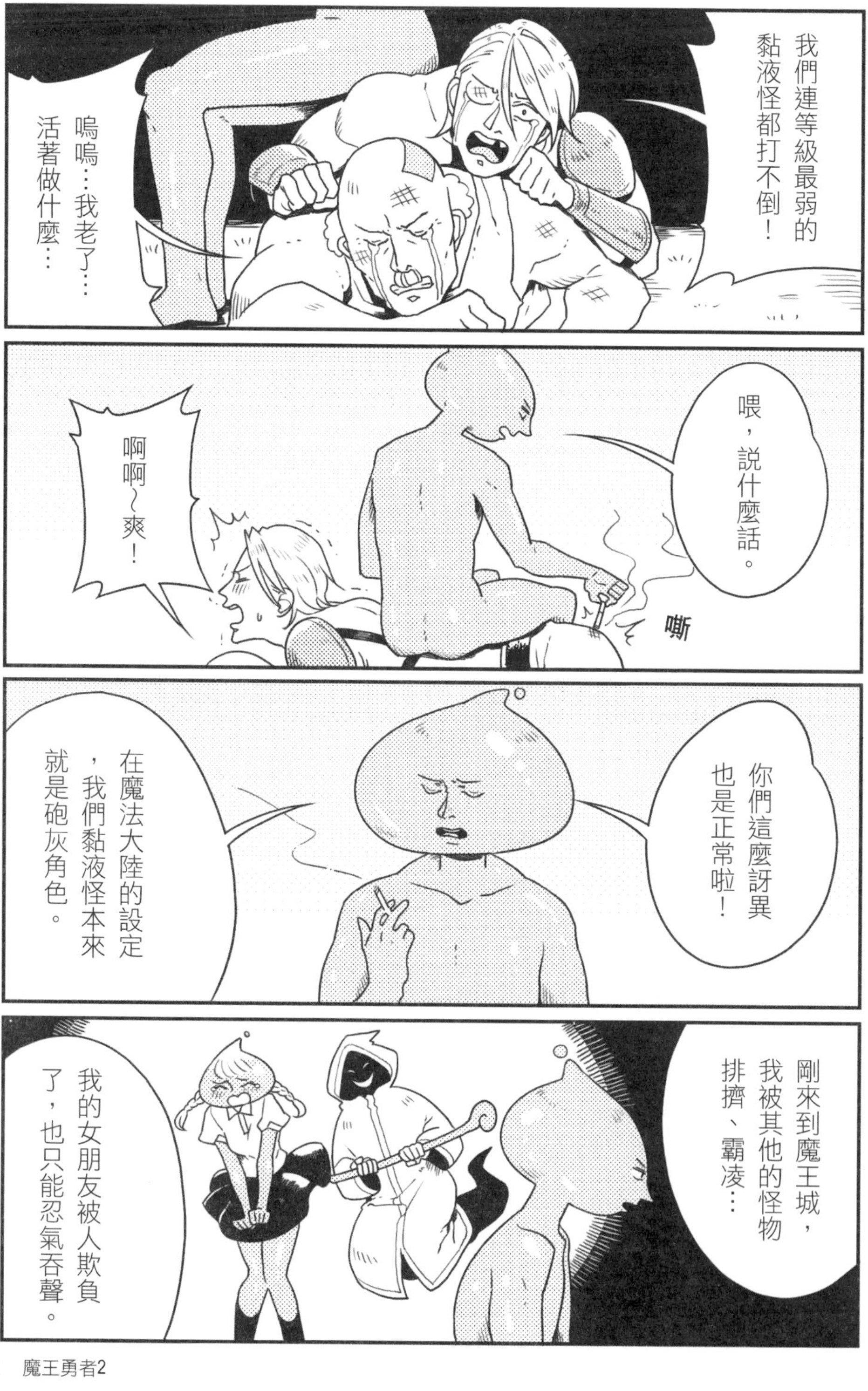
我們連等級最弱的黏液怪都打不倒！
嗚嗚…我老了…活著做什麼…
喂，說什麼話。
嘶
啊啊～爽！
你們這麼訝異也是正常啦！
在魔法大陸的設定，我們黏液怪本來就是砲灰角色。
剛來到魔王城，我被其他的怪物排擠、霸凌…
我的女朋友被人欺負了，也只能忍氣吞聲。

最後我女朋友被人NTR了…
反正她的心也不在我身上，也不算劈腿。
所以我訓練，找出自己優點而強化，然後回到魔王城報仇…
我幹掉等級98級的次魔王…
與1到98級曾經欺負我的怪物。

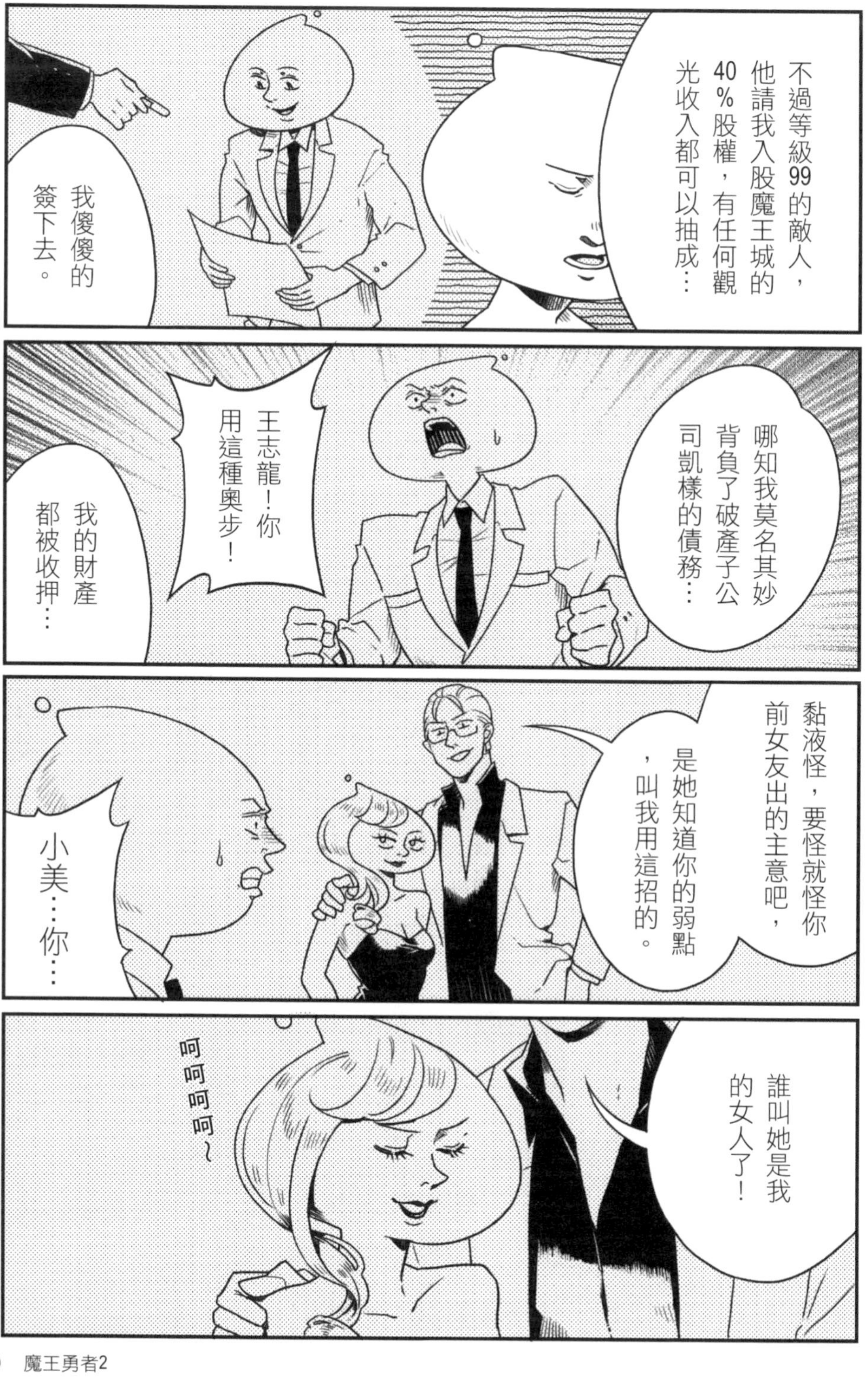

不過等級99的敵人，他請我入股魔王城的40%股權，有任何觀光收入都可以抽成…
我傻傻的簽下去。
哪知我莫名其妙背負了破產子公司凱樣的債務…
王志龍！你用這種奧步！
我的財產都被收押…
黏液怪，要怪就怪你前女友出的主意吧，是她知道你的弱點，叫我用這招的。
小美…你…
誰叫她是我的女人了！
呵呵呵呵～

嗚…我人財兩失…空有力量有什麼用，就怪我貪心吧…
咕…魔法世界真殘酷…
好巧不巧，我在魔法世界的職業…
是律師喔…
魔法世界…有律師？
怎麼從來沒聽過？
因為我問你，誰想當律師呀？
你看遊戲角色出現律師，有人會選嗎？用訴訟攻擊人，以調閱證據恢復HP？

但是有公會、有金幣交易，怎麼可能沒法律問題？
好，你要怎麼幫我？
魔王城旗下的KGB娛樂快訊……
在前兩年曾傳出財務凍結……
同年還裁員近兩成，但今年初一反常態，開始併購小公司，
並用小公司名下上櫃，邀投資人入股。
我有合理的懷疑有人涉嫌炒股……
也有人可能涉嫌掏空公司。

給我時間和資源找到證據，我就能告到他們破產！
要他們跪下來跟你道歉！
千倍奉還
黏液怪的逆襲！

魔法大陸偽百科

律師

魔法大陸的律師，是某不負責任遊戲製作人所增加的角色設定，以開庭訴訟拖累對方心力、金錢，不論是魔法大陸或現實，真的，不要，惹到律師！可以說是非常強的職業。

奇片濫新聞

罵對方雞雞小 男子判賠與對方結婚

男子小明因酒後口角，辱罵在場的另一名男性友人小華「雞雞小」，造成小華精神耗弱。法官念在「打是情，罵是愛」原則，要兩人結婚，彼此互訂終身。小明雖不情願，還是親吻了小華。

奇片濫新聞

情人節最想和誰度過？
正港奇片再度蟬聯冠軍

一年一度的情人節又來了，〈TIMES〉時代趨勢雜誌針對亞洲讀者做了一份「最想和誰度過情人節」調查，該民調總計八千六百份，回收率八成五。

正港奇片越壞越惹人愛

人氣漫畫家奇片是女性讀者心目中的第一名，票數占全額的65%，而後亞軍的金程武，得票率只有奇片的三分之一，對此奇片所屬的「順發」集團發言人表示，近年來奇片負面新聞不斷（圖書館脫鞋、搭訕被拒），但女性讀者喜歡奇片的率真，而奇片的文學素養「是打敗眾多選手的關鍵」。

奇片：你們都是我的情人

奇片本人於新書發表結束後接受記者採訪，平時搞笑的奇片難得正經：「我很幸福，而我不該自私的享受這種幸福，你們都是我的情人，永遠別忘了愛自己。」讓在場媒體感動不已。

那些年，我們一起吐槽的奇片

奇片的漫畫，
一直是奇片的作品
和讀者的吐槽留言一起完成的，
少了讀者的吐槽，
就少了發人深省的醍醐味。
這一次出書，
希望能讓各位讀者的吐槽參與其中，
一起留下你我吐槽的回憶吧！

讀者吐槽

【Shu Cheng】正妹內心os：X的，老娘都那麼努力的在擠乳溝了，難不成還比不上一張紙？！
【杜懿城】最後面那位表示孤單沒人理ＸＤ
【劉瓊蔚】後面的公眾場合摸什麼大腿啊!!!
【宋俊霖】怎麼沒有六根手指?

讀者吐槽

【江明軒】只有一頁的漫畫0_0
【黃平】臉紅不要只紅一邊好嗎!!!!!!
【Bruce Lee】網點省成這樣!!
【黃思穎】看個白紙笑成這樣
【小岩姐姐】是在爽朗什麼鬼啦～～付錢啊你～

讀者吐槽

【江明軒】女生：（請以購買取代加油啊!!）
【李妖子】放回去是有在尊重的嗎？
【黃聖成】店員：他拿我印刷用A4紙在說什麼鬼
【鄭羽彤 】後面的也摸大腿摸太久了
【Wei Ming Goh】白看不付錢，此風不可長

讀者吐槽

【蔡書文】眉眼間有膠帶殘留
【余孟樺】付錢還不拿真素好心餒
【Bruce Lee】全世界都知道奇片笑得二百五，就你不知道!
【杜懿城 】未看先猜下一頁一定又要自肥！
【黃平】原來奇片這麼帥!!!

讀者吐槽

【許文忠】才250而已 ，讓你看看伍佰的笑容！！
【王連鴻】笑的跟二百五一樣
【楊宇文】送我都不要
【曾文成】伍佰笑你wwwwwww
【Chang Poi】奇片果然只是個二百五的微笑，難道不能笑出伍佰的笑容嗎

讀者吐槽

【杜懿城】不好意思，本專櫃不提供奇片微笑付款方式，再來我就要報警了。
【劉瓊蔚】以為是自肥 原來明細有備註我就放心了 (??)
【姓氏名字】自己寫上去的少不要臉了
【Wei-jen Cheng】擺明是詐騙集團的明細...

讀者吐槽

【Chung Ming Huang】溢繳用身體還不是常識嗎
【賈倪軒】不再有六根手指了…
【王鏡惟】所以是老闆在買笑還是奇片在付錢買便當
【謝宇軒】只有我覺得食指像乖乖的彎的脆果嗎
【宋爾倫】閉眼的心靈談話

讀者吐槽

【Voice Super】老闆在後面 她非常火
【謝忠縉】免費領便當～幸好你是創作者，可以自己處理便當問題
【張語晴】奇片的語氣好欠揍!!!
【林于靖 】「誰叫我是奇片嘛~^w^」 .....= =

讀者吐槽

【黎駿朋】你怎麼嘗了甜頭就走?
【謝忠縉】你怎麼嘗了奶頭就走?~~~啊!!驚!!我故意打錯字了!!
【戴郁庭】未看先猜找錢...
【林筱倫】老闆沒有安裝奇片微笑收支款APP...
【林佳賢】你看吧

讀者吐槽

【Si Jia Wu】這是L鼻被奇片當成變態的表情(噴笑
【陳品豪】不行，吐嘈就輸了...我要忍住...
【宋爾倫】嬌喘屁
【林于靖】裝什麼困擾啦~~~!!
【Li Wah Lin】是在困惑甚麼啦！！

兩個便當150元，
你笑一下值250元，我要找錢給你啊。

讀者吐槽

【鐘秀麗】握曹~!!
【許國昌】這老闆是m啊?
【Apple Wu】大叔請你把眼睛睜開霸託
【陳佳慶】回眸一笑百鈔生 一朝躺在藍島側
【何啟瑋】唯獨這個不能不吐槽...

怎麼就這樣跑了？一百塊給你。
原來是找錢啊⋯

讀者吐槽

【黃平】微笑+吐舌頭=350對吧!!!
【Zota Chen】一直笑一直給錢，老闆隔天宣布破產了吧
【Li Wah Lin】賣甚麼萌啊啊啊！！
【徐鵬鈞】根本自己也嚇到了
【賈倪軒】現在又笑了 阿不就要找更多錢

唔
新聞快報
最近金融股市動盪，各國幣值大幅縮水…

讀者吐槽

【蘇葛格】奇片的恥度卻從不縮水。
【謝忠縉】開始要靠微笑襲捲全球了
【洪瑞宏】要開始了

銀行業為穩定匯率，再加上奇片越來越可愛的原因，
最後決定將奇片微笑從250元，升值為一千元。

讀者吐槽

【韓璟】這根本通膨了啦XDDDD
【鐘秀麗】是自肥 是自肥!!!!!
【陳芊芊】所以我看了多少元？
【陳映誠】請問可愛的點何在?!
【蕭文綺】......既然奇片這麼可愛那為什麼還沒有女朋友
【Si Jia Wu】......太噁心了！竟然說奇片越來越可愛！！是越來越帥啊！！(出賣良心)

讀者吐槽

【賴雅嵐】唉！奇片的煩度就升值了
【藍曉檸】藍島超賺
【阿噗的生活札記】...我要報警
【Yu-Chieh Lin】奇片這篇笑了12 次，我賺了12000啊！
【Tachun Hsu】怎麼會有這種漫畫阿 但作者真的是天才 哈哈
【蕭涵憶】奇片以後微笑記得先提醒一下不然我不知不覺就負債了QDQ
【Neko Nanase】奇片的自肥無極限啊啊啊啊啊
【郭沛昕】那擁有奇片的藍島不就 是世界富翁了！！要多少笑都有
【Alice Sheep】你以為微笑多值錢 XDDD醒醒阿..
【看姍筱啦！】有奇片的地方必 有『三小』
【朽音始】奇片這麼屌中央銀行知道嗎！快把他抓走救臺幣啊！
【動漫祭典】那麼走在奇片旁邊應該支付萬元以上費用
【廖柏任】奇片是自走ATM啊!!!
【胡宏銘】奇片印鈔機可不是浪得 虛名的
【德爾堤】我才不吐槽你哩~ㄌㄩㄝ ~
【TzungYi Wu】奇片太可愛了我吐不下去......(嘔阿噁噁噁噁噁噁噁
【鄭建郎】笑的燦爛越值錢？！那奇片猥瑣的笑值多少w
【廖喻柔】奇片你小心點，我要抓你當私人錢包，然後我就發財了
【陳捲捲】搞到觀眾不知如何吐槽你贏了
【陳柏翰】自肥到整篇油膩膩
【戰龍】不要隨便造成不必要的金融危機啊！

讀者吐槽

【Voice Super】你走開啦
【Aku Hsu】到底奇片付了多少錢才可以讓L鼻太太為你做這麼多
【Lya Huang】奇片根本從頭賣萌到尾啊！
【Sunny Deruta】又要找錢給你了啊不要再對我笑啦
【王子瑄】別想我會吐槽，別想。該付的錢我還是會付的錢我還是會出的
【金翰翰】這種明明吐嘈點很大卻無從下手的感覺是……！
【秋野茂雪】我想問L鼻是怎麼畫出來還沒有崩潰的www
【王志成】太好了，以後拿這張可以去攤位找奇片買書
【欣妤】別用萌萌的奇片來包裝自肥這件事!!!!我可是看的很清的!!!!!
【Yan Ting】賣萌個屁
【Si Jia Wu】……好啦最後這張臉贏了全世界原來我還是愛奇片的
【碳化鎢】媽我上本子了
【Linyu Chang】見者有份，趕快來卡位
【賴柳丁】很不想要
【翁崇益】肥了 50我都不收
【曾詠涵】媽我的名子上奇片新刊了(no
【康展容】看著好想去調戲奇片本人，奇片羞澀的微笑一定很值錢（口水
【加賀百萬玉】糟糕，可以預想奇片會被黑道抓起來監禁量產笑容，最後造成全球經濟大恐慌
【御守†処女ビッチ最高だよね!】又自肥
【摔倒王子 是傲嬌】煩死啦www
【ぐうたら阿輪(ᵒ ﹃ᵒ)】一笑千金阿..............滾啦！
【Qreepa! 飯桶女王】通貨膨脹的時候，奇片的笑容會摧毀整個金融體制
【自耕農紹鯖】覺得奇片會被黑道監禁(認真
【憨巴嘎】12/25截稿ㄚ費洛蒙越來越多，可是，藍島，感受不到
【泰泰泰泰泰朗蒙塔跳】為了使貨幣機制正常運作，我想各國政府馬上就會讓奇片再也笑不出來（擦汗）
【大師兄STK屬性全開】奇片笑完本子沒拿啊wwww
【まえたく@小埋奴】很快奇片的阿黑顏也會開始升值
【兔田穎山】提早購買奇片笑容的照片可以存起來放著等升值
【筋肉超人阿項】奇片來我家微笑好嗎？
【物吉觀命】奇片又在自肥惹，才沒那麼值錢
【認真寫信中～超甜杏仁果】監禁奇片=掌握世界經濟.那只好犧牲下我自己來監禁你了

讀者吐槽

【。大鯨の提督。火天離】這是個低調的自肥漫畫
【埃德亞草莓月見大福】微笑值千元還是沒女友辣www
【In影】沒有最肥，只有更肥
【颯-夜】弄哭奇片值多少錢(望漫畫工作室那章)
【楓 年紀越大，膽子越小】幹明明槽點這麼多！！！可是！！！我還是想說！！！！賣萌可恥！！！！！！！
【無法喜歡上懶子】奇片笑笑生
【無彧※常常摔死的新鮮人】別讓奇片不開心('•ω•')
【自由人】因為微笑是人類共通的語言，所以也沒有換匯的問題！？
【銀色之雷】去銀行看到一個怪人在狂笑，原來是奇片正在存錢啊~
【血艷蝶】那如果要買超跑車 不就要站在人家店裡一直傻笑...
【病者門音↗蛇翼崩天刃】未來應該會被扒下來放在博物館
【廢渣天竺鼠】買奇片的新書只要笑一個就可以了
【隱墨狂筆:綿羊騎士】騙吃騙喝的極致啊...
【桜月】奇片漫畫是由自肥跟吐槽組成的才對
【眼鏡控の秒秒】包紅包也微笑就好啦
【魔法少年☆ 阿福】投資奇片穩賺的呀...
【Aurum】OP....可以白吃白住了
【鹿首精】真想給你一千個BP
【Forremilia】唉，又升值了
【大博】天敵是自動販賣機
【奔塵】會金融泡沫化吧！
【蒼月】還有找錢 哪招
【黃士碩】你高興就好
【柯欽堂】奇片笑了 世界經濟的臉就被打了
【金翰翰】這種明明吐嘈點很大卻無從下手的感覺是！
【秋野茂雪】我想問L鼻是怎麼畫出來還沒有崩潰的www
【欣妤】別用萌萌的奇片來包裝自肥這件事!!!!我可是看的很清的!

※備註：由於大家的網路留言都非常有梗，但是因為新書版面有限，無法收入每個人的留言。
為了公平起見，我們是由「電腦選的」(沒錯，電腦也會選留言)。也請沒有收錄的讀者不要氣餒，您的吐槽讓奇片作品更有味道，未來也請多多指教！

以後也請繼續
用力地吐槽下去喔！

奇片的漫畫，是由奇片和讀者一起完成的，
少了讀者的留言，就少了醍醐味，
我到底看了三小！

因此今後，也請繼續用力的吐槽下去吧！
不要停止吃藥啊！
你沒有女朋友！
我…我才沒喜歡奇片呢！

TALK

後記

奇片：

大家好，我是奇片。

從來，我就不是班上最耀眼的那位巨星，我不是班上呼風喚雨的人物，功課也沒好到能拿書卷獎，我在出社會後，公司裡也只多了一位默默上下班的小員工。我不起眼，所以身邊的人不太找我，異性朋友也把我貼上無趣的標籤，列為拒絕往來戶。

我的自我懷疑，在紙筆建構下的舞台煙消雲散，原來在戲劇的舞台上，還有人為我喝采，即使不是當巨星，但我的演出奪目而動人。你知道我想感謝誰了吧。

感謝父母、家人的支持，感謝L鼻，她的畫技和精緻度更強，讓本書質感提高，也感謝小芸專業有耐心的編輯，願意包容我的倔強、感謝設計師歪、阿星嗓、世茂出版社、各位推薦者和我朋友給我出書的機會。

更感謝的人是你，看這本書的你，你改變了我的人生，一路走來，奇片的漫畫一直都是你和我一起創作，謝謝你，各位讀者。

L鼻：

大家好，我是L鼻。這是繼《失戀救星》後的第二本新書了，謝謝一直以來都支持著正港奇片&L鼻的讀者和新朋友。這次新書花了更多的時間準備，精緻度也比上一本高，奇片、我和編輯小芸都花了很多心思在改進及豐富新書的內容，想努力做出更好的作品。在這感謝設計師歪幫新書設計了非常漂亮的封面及內頁，看著自己的圖經由設計師巧手變成一張精緻的封面，感覺真的很棒。

這本書不是第一本，我相信也不會是最後一本，期待以後能夠繼續跟奇片合作，畫出更多大家喜歡的作品。感謝閱讀到這裡的讀者們，希望這次的新書還讓大家滿意！

編輯：

大家好，我是奇片和L鼻的編輯。回想這次和兩位作者合作的過程真是驚險萬分，在截稿前夕L鼻重感冒，我們差點以為要延期了，沒想到峰迴路轉，L鼻用堅強的意志力繼續畫下去，全書完稿當天，同事都問我為蝦咪要跪在電腦前哭，讓我在此怒吼一句「L鼻女神謝謝你～～」。總之一路走來，還順便見證了藍島和奇片相愛相殺的戀愛過程，真是不勝榮幸，所以我這次也不幫奇片徵友了，反正他有藍島就夠了吧！

國家圖書館出版品預行編目(CIP)資料

看漫畫的小孩不會變壞，看奇片漫畫的才會/正港奇片作；L鼻繪. -初版. -新北市:世茂, 2015.12
面；　公分. -（圖文;2)
ISBN 978-986-92327-6-0（平裝）

855　　104021646

圖文
02

看漫畫的小孩不會變壞，
看奇片漫畫的才會

作者——正港奇片　　繪者——L鼻

主　編——簡玉芬
責任編輯——李芸
封面設計——L-YL 20433@hotmail.com
出 版 者——世茂出版有限公司
負 責 人——簡泰雄
地　址——(231)新北市新店區民生路19號5樓
電　話——(02)2218-3277
傳　真——(02)2218-3239（訂書專線）(02)2218-7539
劃撥帳號——19911841
戶　名——世茂出版有限公司
單次郵購總金額未滿500元（含），請加50元掛號費
世茂網站——www.coolbooks.com.tw
排版製版——辰皓國際出版製作有限公司
印　刷——祥新印刷股份有限公司
初版一刷——2015年12月
二刷——2016年1月

ISBN——978-986-92327-6-0
定　價——260元

黏貼處

傳真：(02) 22187539
電話：(02) 22183277

世茂好書．豐富心靈
世潮精典．智慧同行

廣告回函
北區郵政管理局登記證
北台字第 9702 號
免貼郵票

231新北市新店區民生路19號5樓

世茂
世潮 出版有限公司 收
智富

黏貼處

請沿虛線剪下裝訂寄回，謝謝！

讀者回函卡

感謝您購買本書，為了提供您更好的服務，歡迎填妥以下資料並寄回，
我們將定期寄給您最新書訊、優惠通知及活動消息。當然您也可以E-mail：
service@coolbooks.com.tw，提供我們寶貴的建議。

您的資料（請以正楷填寫清楚）

購買書名：______________________________

姓名：______________ 生日：______年____月____日

性別：□男 □女　E-mail：______________________

住址：□□□______縣市__________鄉鎮市區__________路街
______段______巷______弄______號______樓

聯絡電話：______________________

職業：□傳播 □資訊 □商 □工 □軍公教 □學生 □其他：______

學歷：□碩士以上 □大學 □專科 □高中 □國中以下

購買地點：□書店 □網路書店 □便利商店 □量販店 □其他：______

購買此書原因：___ ___ ___ ___ ___ ___（請按優先順序填寫）
1封面設計　2價格　3內容　4親友介紹　5廣告宣傳　6其他：______

本書評價：___ 封面設計 1非常滿意 2滿意 3普通 4應改進
___ 內　容 1非常滿意 2滿意 3普通 4應改進
___ 編　輯 1非常滿意 2滿意 3普通 4應改進
___ 校　對 1非常滿意 2滿意 3普通 4應改進
___ 定　價 1非常滿意 2滿意 3普通 4應改進

給我們的建議：--

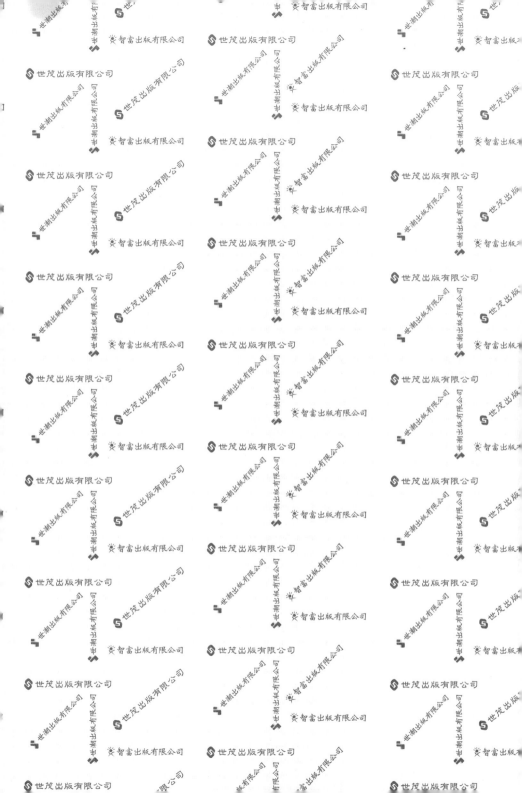